我不见外

[美] 潘维廉 William N.Brown ◎著　韦忠和 ◎译

老潘的中国来信

Off the Wall — How We fell for China

外文出版社
FOREIGN LANGUAGES PRESS

目 录

第一章
启程到中国
（1988年）

1 无缘澳大利亚   2
2 美如翡翠的岛屿   7
3 中国是我们的媒人   12
4 搭乘慢船去厦门   18

第二章
厦门大学度假楼
（1988年9月至1989年1月）

5   假日宾馆里的学生生活   28
6   冰箱引起的内讧   35
7   食堂排队大战   38
8   电视机与烤面包机   42
9   半边天   48
10 旅馆客房服务   53
11 厦门用车交通   56
12 油漆店里的"香草"   59
13 邮政周旋记   64
14 厦门——美丽的海港   68
15 过节好滋味   71

第三章

MBA 项目与厦大外国专家招待所

（1989年1月至1990年3月）

16	中国首开 MBA 专业！	76
17	早安，中国！	81
18	发薪日	84
19	中国新年，繁荣昌盛	91
20	中国新年的遭遇	98
21	没有课本就不上课！	102
22	人际空间之差异	107
23	厦门最具节庆气氛的节日	110
24	坦率直言觅火鸡（在中国过感恩节）	114
25	厦门的圣诞节	117

第四章

凌峰楼公寓——山顶的小房子

（1990年3月至1993年12月）

26	凌峰公寓——山顶的小房子	124
27	东方三博士——中国的送礼礼仪	128
28	走马看花	133
29	中国的节日	137
30	喝茶请自便	141
31	茶道	144

32	鼓浪屿——世界最富庶的1平方英里土地	147
33	厦门民俗禁忌	151
34	如果沉默不是金	155
35	福建省首位获得绿卡的外国人	161
36	我投票了！（山高皇帝远）	165
37	中国政府"友谊奖"	168
38	"洋鬼子"和"洋朋友"	172

第五章
对中国和厦门风土人情的探索
（1994年10月至今）

39	八十天环游中国（Ⅰ）	178
40	八十天环游中国（Ⅱ）	184
41	身家百万的保姆	190
42	厦门获荷兰人青睐	199
43	千禧年是我的"世界末日"吗？	205
44	在中国庆祝结婚二十周年！	211
45	厦门摘得"绿色奥斯卡"桂冠	215
46	费菲——不曾是我的学生，却是最优秀的学生	218
47	从走马看花到减轻负担	221

后　记　　　　　　　　　　　225

潘维廉与苏在洛杉矶唐人街（1981年6月）

潘维廉与妻子苏在婚礼上切婚宴蛋糕
（1981年12月，台北）

潘维廉一家(1988年夏)

李西和马修(1988年)
(关于他们的故事请见第9篇《半边天》)

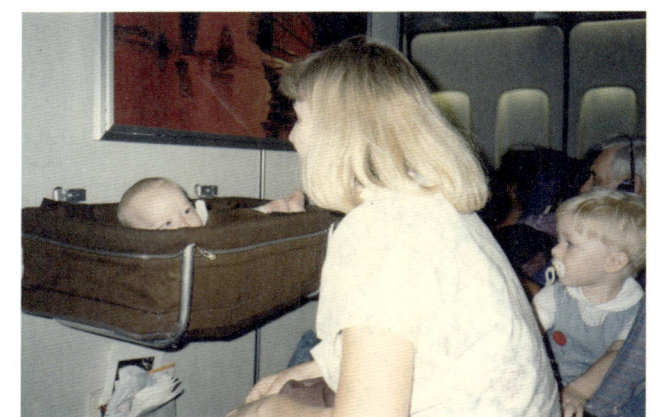

潘维廉家人在飞往香港的飞机上（1988年8月，随后前往厦门）

潘维廉一家在厦门拥有的第一辆车——三轮车（1988年10月）

儿子马修与厦门当地人
（1988年10月，厦门港）

潘维廉一家在厦门的合影（1989年）

妻子苏在厦门住所的阳台上烹煮食物（1989年3月）

潘维廉给工商管理硕士们上课（1989年4月，厦门大学）

潘维廉一家邀请来自不同国家的朋友共度圣诞（1989年12月，厦门大学外国专家招待所）

在厦门用火鸡庆祝感恩节（1991年）

潘维廉撑竹筏（1993年7月，福建武夷山）

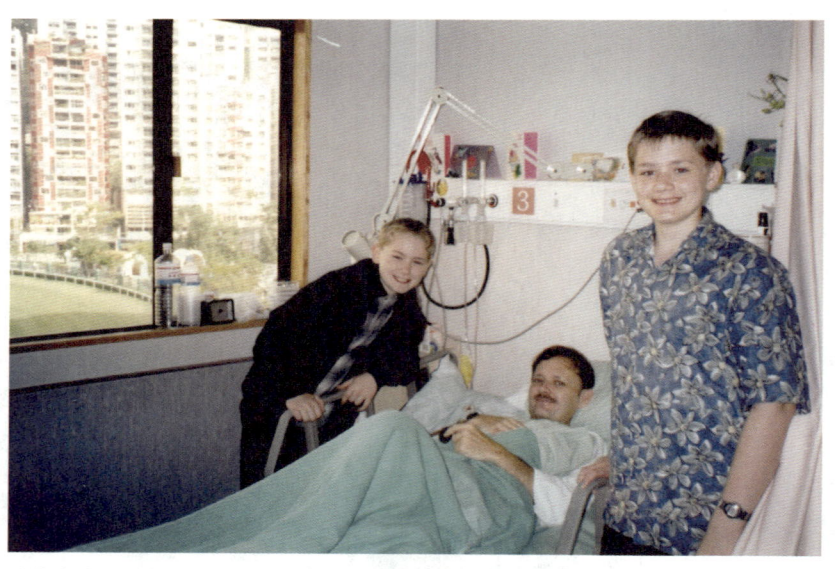

潘维廉在香港一家医院接受癌症手术后，儿子们到医院探望（1999年12月）

潘维廉一家(2000年3月)

潘维廉被票选为"厦门杰出建设者"
(2010年12月)

二儿子马修与杰西卡喜结连理（2013年6月）

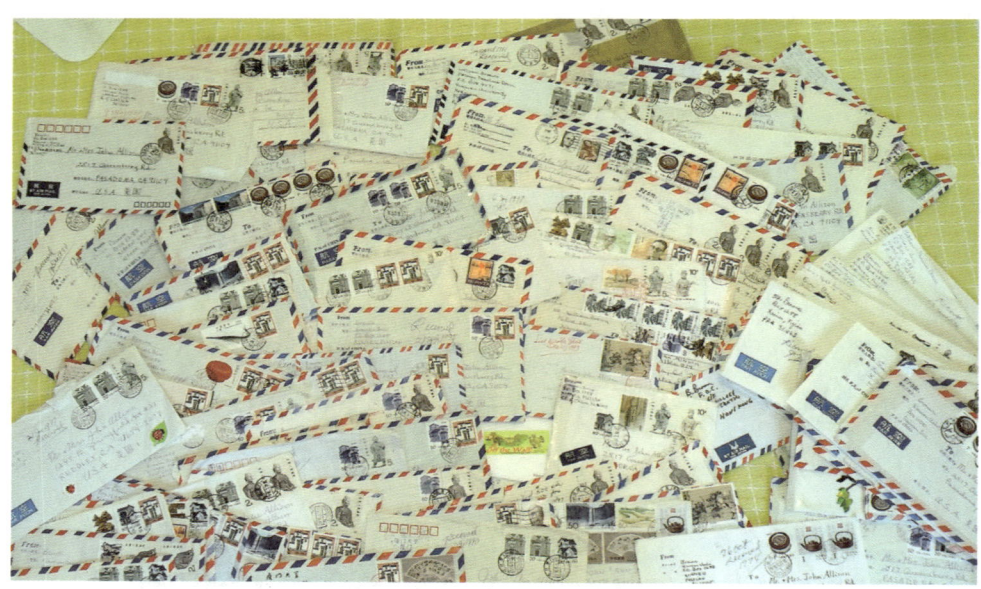

1988年至2017年期间，潘维廉与美国家人、朋友来往的书信，与他们分享在中国的所见所闻

序

"千里之行始于足下。"

——老子，公元前 6 世纪

"假如第一步走错了方向，会怎么样？"

——潘维廉，公元 1994 年

"向西藏进发，不成功便成仁！" 1994 年我们自驾四万公里环游中国，在旅程的前半段，我们天天喊这句口号——彼时还没有动车高铁、公路干道，也没有子弹速度的汽车。整整六个星期的时间，我们蜿蜒爬过绵延不绝的山脉，艰难涉过内蒙古的沼泽泥地；我们安然穿越大戈壁两处危险的沙漠地带；我们走过世界海拔最高公路一半的里程……

我当时不知道这趟疯狂的旅行到底值不值得。过去，每当我写出一些讲述中国变化的文章，就有一些外国人，甚至有不少中国人，争辩说："中国只有沿海地区发生了变化。内陆还是老样子。"于是我决定亲自去看看。我们买了一辆十五座的面包车，添置了一张床、一张桌子，还有几个书架，好让两个儿子在旅途中不落下学习。我仔细查阅地图，认真阅读《国家地理》刊登的文章，规划出一条四万公里的自驾路线——沿海岸一路向北开到内蒙古，接着向西穿越大戈壁和西藏，然后南下，经云南、广西、海南岛、广东回到厦门。

六个星期的时间，除了在大戈壁上担心遇上小偷之外，我们漫游中国之旅顺畅无阻。沿途各省的警察态度友善且乐于助人，就连军人也对我们很友好。有一次，我们没有看到掉落在地的"禁止进入"标志，误入军事基地，还搭起了帐篷。正当我们生火准备做饭时，六位军人突然出现，打头的军官带着中国人特有的礼貌说："不好意思，劳烦您到别处露营，给我们行个方便。"他微笑着又说："我们可以和你儿子拍张照吗？他们太可爱了！"

六个星期里我们克服了重重困难，岂料进入西藏才一天，随后便陷入困境。山农、马修当然不会担心害怕，在长成十来岁的少年之前，他们都满怀信心，认定爸爸不会做错任何事，他们的妈妈就不那么有信心了。苏珊·玛丽不停地挤她手里的帆布氧气袋，就像一个苏格兰人正在吹奏风袋被堵塞了的风笛一样。我不知道这次是不是自不量力，担心全家人咬紧牙关也挺不过去，尽管在中国的六年已经让我们练就了强壮的腭肌。稀薄的空气使我头痛欲裂。我在一座小哨站前靠边停车，"丰小田"轮胎碾过永久冻土，发出"嘎吱"的声音，如同嚼玉米片时发出的脆响声。我没有理会站在一旁盯着我们看的士兵，把阵阵作痛的头伏在方向盘上，心想：明明我儿时的目标是去澳大利亚，怎么到头来却跑来世界屋脊了？

一切把中国一概而论的说法都是错误的——这句话本身也不例外。

这本书讲述了我是如何憧憬着澳大利亚，到头来却在中国闯荡了三十年。我们见证了中国经历的前所未有的变化，从某些方面来说，我们甚至也参与了这些变化。

"我遇到的人当中，只有两类人能够自信地声称自己了解中国。一类是新闻记者,另一类是周游世界的人。"

——明恩溥[1]

瞎子摸象

中国是不可言喻的——她古老的神秘莫测又年轻的生机盎然,并且幅员辽阔。仅用文字来描述如此包罗万象的国家,无异于"瞎子摸象"——摸象腿的盲人说大象像一棵树,摸象鼻的盲人说大象是蛇形之物,摸象耳的盲人说大象像棕榈叶。即使我在中国已有三十载,自驾环游中国二十万公里,学习了中国的语言和历史,撰写了十几本关于中国的书,也曾探访中国各地的城市,还依然觉得自己只是个摸了象牙尖的盲人。

从我们踏足中国的第一个月起,便陆续收到亲友来信关心我们在中国的生活——以及我们为什么放弃了收益可观的公司来学习中文。因此,从1988年10月起,我便开始寄送小简报《我不见外》来描述在中国的生活。有意思的是,第一份简报差点成了最后一份。

在第一份《我不见外》寄出的第二天,我的电脑电源就被烧坏了,原因是供电电压在一小时内骤降到100伏,后来又蹿升到280伏。我们烧掉的电器竟然比烧的菜还多!

我才刚去信给美国朋友请他给我寄新的电源,就收到了来自香港的惊喜来电。查克·桑德斯(我和我妻子是在他家认识的)来电说:"我明天来看你,要给你带点什么吗?"这就是中国朋友们所说的"缘分"。

---

[1] 明恩溥(1845—1932),美国人,基督教公理会来华传教士。1872年来华。在明恩溥等人推动之下,1908年,美国正式宣布退还"庚子赔款"的一半,计1160余万美元给中国,作为资助留美学生之用。

我至今一直保留着写信的习惯，但从未想过给自己留几封。幸好，亲友们保留着每一封信。他们听说我打算把这些信件整理成书出版，便立即邮寄过来，这些信加起来足有数千页，另外还有私人信件、我发表在报纸杂志上的文章以及一些旧照片。

这本书记录了我们一家在中国29年的时光，正是在这段时光里，中国发生了世界历史上最令人瞩目的变化。

我们在厦门的头几个月过得非常沮丧，说起来几近荒唐可笑。那就像求生真人秀，只不过我们没法投票让对手出局。难怪那时在中国逗留超过一年的外国人寥寥无几。2004年，厦门被联合国教科文组织评为全球最宜居城市之一，然而1988年时，在厦大的"度假楼"生活不像度假，倒更像是进了新兵训练营。并且与新兵训练营一样，那是一堂宝贵的生存速成课，教会了我们与中国文化有关的事。而且，幸运的是，我们最初觉得故意刁难人的那几位中国人，现在已经成了我们的朋友——几乎亲如家人。

除了自驾游历中国直接见证中国的变化，我还探究了中国深厚的历史——这要感谢习近平总书记。2001年11月，习近平时任福建省省长，有一次我和苏珊在福建省省会福州同他一起用餐，他说："您写过您的第二故乡厦门，不妨也写写第三故乡泉州吧？"

在研究泉州的过程中，我了解到泉州曾是海上丝绸之路的起点，在中世纪时是世界上最大的港口，不亚于埃及的亚历山大港。《魅力泉州》付梓后，我继续研究中国的历史文化，撰写了十来本有关福建的书。我还主持过四百多集关于中国历史文化的电视节目，协助《国家地理》拍摄当地民族英雄"国姓爷"（郑成功）专题。我不仅更多地了解了中国，也更多地了解了我的故乡美国，学会了欣赏两国各自的独特魅力。尽管中国和美国在政治上有时存在一些差别，但那些我们熟悉的人，不论是保姆还是百万富翁，都怀抱着相同的希望和梦想，我们有幸目睹一些梦想开花结果（比如那位真的成为百万富豪的保姆）。

在中国的生活着实是一场奇遇。希望你们通过这本书也同样能享受这场奇遇。

潘维廉博士

无缘澳大利亚

美如翡翠的岛屿

中国是我们的媒人

搭乘慢船去厦门

Chapter

1

启程到中国

1988 年

无缘澳大利亚

亲爱的米奇和珍妮特：

难以相信，三个月后我们真的要到中国去了！七年来，我一直坚称我们经营公司只是权宜之计，为的是付清学费并存钱到中国留学。现在，非常感谢你们买下这家公司，让我们终于可以乘慢船去中国（真是名副其实的慢船——搭飞机抵达香港后，再乘船18小时沿海岸北上）。有些人依然觉得放弃生意红火的公司去中国学中文未免有点疯狂，所以这里要谈谈中国是如何融进我的血液里的。

1976年，美国空军派遣我去台湾之前，我对中国或者亚洲毫无兴趣。我一心向往澳大利亚。我曾申请移民，澳大利亚大使馆答复说热切欢迎我移民，但我需要在十年后重新提出申请，因为必须年满十八岁才能移民澳大利亚，而我那时才八岁。不过，他们给我寄了一箱介绍澳大利亚的儿童图书来缓解这沉重的打击。我还记得书里的一首诗：

> 你已在书页里看到了远古的鸟兽，
> 也能画出袋鼠、袋熊、黑天鹅。

我终归未能去澳大利亚，但却在中国厦门大学的芙蓉湖上看到了黑天鹅。

启程到中国
1988年

在我仍对澳大利亚拒绝我移民一事耿耿于怀之际，通过阅读了解到能够为贫穷的非洲人所做的有意义的教育工作，让我下决心要成为圣母无染原罪会①的一名神父，后来却得知自己不是公教徒，换句话说，我还没出生就已经是新教徒了。

我当时不明白我们新教徒为什么要"对抗"公教徒，所以和两位分别来自爱尔兰和西班牙的公教牧师——帕特里克·J·奥莱利神父和卡洛斯神父促膝长谈。帕特里克神父总是抽雪茄、大口痛饮威士忌酒，他常开玩笑说："维廉，你这个异教徒啊，总有一天我会让你改变信仰的！"他们从未真的让我改变信仰，不过，确实影响了我，让我决定去帮助中美洲贫困的农民。

我上高中时一心惦念着去尼加拉瓜或者危地马拉，努力参加各种社会活动，随后加入美国未来农场主协会（Future Farmers of America, FFA）四年。我学习了畜牧学、园艺学和林学。我带领的团队在1973年夺得佛罗里达州冠军。我们因此出席了佛罗里达州州长举办的颁奖晚宴，我身旁坐着"林业小姐"和"环球小姐"，"环球小姐"来自菲律宾——不过我那时对亚洲没有一点兴趣，因为我就是奔着中美洲去的。

结果我没去澳大利亚，也没去非洲或者中美洲，却来到了中国。缘分啊，或者说"楼上的人"②的幽默感遍及全宇宙。

十四年兜兜转转到中国

1974年4月，我还有3个月便要高中毕业。一个炎热的下午，我看到一张塞舌尔群岛的海报，正是那张海报让我改变了去中美洲的计划，

---

① 圣母无染原罪会是天主教有关圣母玛利亚的教义之一。
② "楼上的人"暗指上帝。

兜兜转转14年终到中国大陆。当时,那张海报贴在本地商场的温迪克西超市碎牛肉广告标牌和艾克德药店每周特惠广告标牌之间。出于好奇,我漫不经心地走进空军征兵办公室。3小时后我离开那里,步伐犹豫,不再那么漫不经心了。

回忆当时的情景,仿佛就发生在昨天。精明的中士隔着桌子打量我,那张灰钢桌子上压了一层玻璃,桌面上空荡荡的——没有全家福照片,没有笔筒,没有拍纸本,甚至连巴托市(人口1.5万人,认为自己是世界磷酸盐之都而倍感自豪)的灰尘都不敢落在桌面上,桌面擦得锃亮,像鞋子一样闪烁着光芒,桌子与光亮的地板平行,稳固地架在地板之上。

他身着蓝色制服,却活像是狂欢节上负责招揽观众的人,他很了解18岁年轻人的不安全感——临近毕业、名不见经传。他扬着眉说道:"我们不像陆军,你知道吧?"他扬了扬头,示意隔壁间与他竞争的陆军征兵办公室。"陆军把镜子放在你鼻子底下,如果镜子起雾,你就能入伍了。不过,我们美国空军可不会这样做。"他顿了顿又说道:"绝不会的,先生。我们拒绝了大部分的应征者。"

"哦,我也不是真的——"

"——不过,我看到了你身上有不一般的潜力,孩子。"这位空军征兵官打断了我,试图"引诱"我"上钩"。我不自觉地挺直了背,这动作出卖了我。他慢慢"收钩"。"孩子,在美国空军服役不是一份工作,而是一场冒险!"他把一本相册塞到我面前,相册里穿着蓝色制服的空军士兵昂首阔步行进在巴伐利亚的村庄里、非洲海滩上,在爬满常春藤的砖墙宿舍楼里休憩,驾驶着飞机直上平流层;有些空军队员甚至有机会冲上太空——还能领军饷!在空军服役确实不是一份工作,而是在财大气粗的美国国防部资助下免费专享四年分时度假住房——只要挥笔签字就能得到。我都准备好扎破手指按手印了,他却决定用笔墨凑合就行。

不知什么时候他手里握着一把美国政府专用的圆珠笔,我大笔一挥,剪断牵绊,切断负累。我签下了生死状,决定要去看看世界。那位身着蓝色制服的"靡菲斯特"①宣判将我安排到坦帕市的麦克迪尔空军基地,离我家仅74公里。

空军梦想清单

烦人的是,麦克迪尔空军基地离巴托市太近了,我每周末都得回家。工作日,我是一名战士,而到了周末,却成了妈妈的宝贝。能见见家人朋友当然很高兴——不过,需要每周末都见吗?每个周末,我妈就会向我报告后方的最新消息:

"儿子啊,现在犯罪越来越猖獗了,"她会说,"毒品和古巴人。很多人找不到工作,磷酸盐矿有放射性,让不少人得癌症死掉了,采矿已经让地下水干涸,灰岩坑把公路和整栋房子吞没……"最后她总会说:"儿子啊,空军兵役结束之后你会回巴托来,对吧?你知道,这里毕竟是你的家啊。"

是的,我知道。尽管我爱这座小小的"橡树和杜鹃花之城",但我还是毫不迟疑地抓起笔,填了一张《空军392表格》——也就是"梦想清单"。

空军士兵可以填写"梦想清单"申报任务分派志愿,实行这一举措的根本依据是:开心的空军士兵才是高效的空军士兵。我们像给圣诞老人列愿望清单一样埋头填写"梦想清单",有时一个月填两三张。大部分空军士兵请求去台湾,不过我请求去位于格陵兰图勒的"世界之巅"

---

① 靡菲斯特:中世纪神话中的魔鬼,浮士德把自己的灵魂卖给了他。

空军基地，可能只有被国际刑警组织追捕的逃犯才会自愿去北极圈以北1207公里的地方吧。我当时很有信心自己可以搭下一班飞机，或者乘下一趟狗拉雪橇去赴职。我极度渴望去看看世界，哪怕是房产中介公司利夫·埃里克森制造了全球第一宗房地产骗局，将一块冰谎称为格陵兰，我能见识到那块冰也觉得值了。

美国空军早前开了张空头支票说可能可以去月球，然后把我塞到坦帕。这次派我的朋友去了格陵兰，而把我打发去了台湾——与厦门相距161公里隔海相望。缘分！

当时，除了亚洲，我哪儿都愿意去——但在下一封信中，我将分享我是如何在一周内就神魂颠倒地爱上台湾的。

亲切问候，

比尔和苏
1988年6月14日

启程到中国
1988 年

美如翡翠的岛屿

亲爱的米奇叔叔、珍妮特阿姨：

我飞抵台湾时才 20 岁，在此之前从没结识过中国人，没吃过中国菜，也没了解过中国历史。我对中国的认知全部来自电视剧《牧野风云》（里面有一位中国厨子 Hop Sing）和《功夫》。多年后，当我得知《功夫》的主演大卫·卡拉丁居然不是中国人，我觉得自己被蒙骗了。

一位空军上校为我简要地介绍了中国，"古代中国创造了许多奇迹，从发明芳香的厕纸，到计算出圆周率，再到发明冰淇淋，发明创造涵盖生活的方方面面；现代中国拥有规模高达两亿人的军队，它一心想要称霸整个世界，从越南到拉斯维加斯，无一例外。"上校还警告说："不要小看中国人，当今世界 4 个人中就有 1 个是中国人。"

我笑着说："长官，我家有 4 口人，可没有 1 个是中国人啊。"上校没有笑。

我知道，也许只有进了棺材我才能重返故里了。于是我写好遗嘱，把我那辆雪弗兰诺瓦车送给我姐姐。然而，台湾并不是我人生的终点，反而为我开启了一扇通往新世界的窗户。空军没有食言，把我带到了一个截然不同的星球上。

初踏台北机场，使当时 20 岁从未离开过美国的我感到震撼。一方面，它很喧闹——汽车喇叭、自行车铃铛、尖锐的刹车发出的声音，还有叫卖水果和煎饼的声音，嘈杂成一片。每个人都大声叫嚷。我此前通过阅读了解到普通话有4个声调，但当时听起来只有一种声调——喧闹。难怪19世纪在厦门的传教士麦嘉湖（John MacGowan）写道："中国人喜欢喧闹。"

派来台北接我的中士压根没出现。我等了几个小时之后只好靠着挥舞双手发出"呜呜，咣当咣当"的声音，向一个中国小伙子询问怎么找到去台中的火车。他用一口流利的英语回答说："我带你去。"又笑着加了句："呜呜，咣当咣当。"

我买了最便宜的火车票，上了家畜运输车厢，与蹲坐在地板上的农民，还有他们的羊、鸡、猪一起待了8小时。火车蜿蜒着缓缓驶过坐落在祖母绿稻田之中具有异国风情的村庄，哪怕是只有一头牛的村庄，火车也会停靠，我细细品味着充满芳香的每一刻。我买了一份午餐盒饭，饭盒里装的不是汉堡，而是一块猪排、一个茶叶蛋，咸菜和米饭——用的不是餐叉，而是两根木棍。我最后还是把那两根木棍丢了，直接用手吃。那些中国人盯着我看，有几个偷偷地笑。不过，正如一位印度朋友说过的："我知道我的手碰过什么，但没人知道叉子碰过什么。"我想，对筷子也是这个道理。

当晚，我抵达台中地区的清泉岗空军基地时，中国，或者说至少是台湾（中国的这一小部分），就已经流淌在我的血液里了。一年后，我接到了从天而降的"请柬"。

刮漆混日子

1976年时，我们在台湾只有象征性的几枚导弹，长官们殚精竭虑要证明我们有理由继续留驻台湾。他们将解决方案称为"任务准备"，我们则称之为"瞎忙活"。我们忙活了5个月——然后又接到命令要我们从头再来一遍。我们发动了哗变，他们为了息事宁人，准许我们一周工作4

天,每天工作4个半小时。我非常兴奋,主动申请在台湾再待一年——也暗暗祈祷空军不会纯粹出于原则将我派往格陵兰。

我闲暇时和中国空军士兵一起打乒乓球和短柄壁球,每天晚上同寺庙里的光头和尚练功夫。我的功夫水平勉强算是入门,不过,曾有人邀请我在台湾功夫片里演一个金发反派角色,我拒绝了。

30天年假、一周休3天,加上节假日,让我得以花将近四分之一的时间骑行、徒步游历台湾的各个角落。我大概是沿海岸完成绕岛骑行的第一人了,遇到未通道路的地段,我就扛着自行车走。我借着自行车骑行的名义为挪威传教士经营的儿童医院募捐。那时,台湾人还没听说过"自行车马拉松",但他们很快就明白了,纷纷慷慨解囊。但在我第二次骑行募捐时,一辆货车撞毁了我的自行车,基地指挥官明令禁止我再骑行,于是我改为搭便车旅行。我搭乘过农用拖拉机、翻斗车、半挂车、摩托车等等——甚至还搭乘过牛车。我在长达19公里的太鲁阁峡谷顺着光滑的大理岩滑下峡壁,泡过只有当地农民知晓的温泉。我还在洞穴里用石头砌了个温泉池。1年后,那个地方被打造成度假胜地,门票贵得离谱。

在偏远山村里,我的出现会吓坏一些从未见过外国人的当地农民。太阳把我的肤色晒成了深棕色,把我的头发晒得几乎变白了。由于酷热难挡,我穿着自己用薄的白色中式寿衣布裁成的衣服。"鬼啊!"一些村民尖叫起来!但有一位经历过第二次世界大战的老人说:"洋鬼子!"

有一次,我带着一个金发碧眼的法国人来到一个山村。一个小男孩叫嚷:"美国人!"法国人抗议说:"我不是美国人。"那个男孩盯着看了一会儿,问道:"那是中国人?"

我很喜欢台湾的食物,但对某些美味则望而却步。在一个山村里,老人们挤出眼镜蛇的毒液倒入烈酒杯中,再加点米酒请我喝。村长咧嘴笑着说:"敬尊贵的客人!"

"我一点也不尊贵。还是您喝吧!"

"这可以壮阳!"他坚持要我喝。

"我不用壮阳。"我说。他们瞬间瞪大眼珠子看着我。"我不是那个意思!我单身!"我不想闹得他们不愉快,于是喝下了那杯毒液酒。先前有人告诉我,食道有溃疡或伤口时喝这种酒才会致命。那我肯定没有溃疡了——至少,在喝下那杯毒液酒之前没有。

台湾每平方公里土地上所蕴含的自然环境之美和多样化程度,是我到访过的其他地方都比不上的。我攀登过世界岛屿山脉的第四高峰玉山;探索过云雾缭绕的幽深峡谷。相传,那峡谷在100年前是猎头人的聚居地(那些请我喝眼镜蛇毒液酒的人们说不定就是猎头人的后代)。我还搭乘小型日本火车爬上阿里山,那火车看起来就和圣诞树下摆放的玩具一样。不过,最合我心意的还是鹅銮鼻的白沙湾。

缘分的安排

台湾像大多数宝石一样,小巧而美丽。我心中对岛屿的狂热挥之不去,我待在海滩上的时间越来越长,凝视着台湾海峡对岸——我很想了解所谓的"黄祸",那个我们自认为用区区十几枚导弹就能加以牵制的"黄祸"。但尼克松已经访问过中国大陆而且活着回来了。就像苹果砸在牛顿头上那样,解答我疑惑的答案也正巧落在我头顶上。

到了1976年时,海峡两岸发射的已不是武器,而是文字。台湾的宣传气球时常如潮水般飘向大陆,气球上挂着宣传印刷品、糖果以及廉价手表之类的小玩意;北京方面则亲切地回赠"礼品"。兴许是缘分的安排,有一次我正走在回宿舍的路上,一批红色宣传材料落在清泉岗空军基地正中央。

如嗅到了糖的蚂蚁一般,台湾民兵突然出现,急匆匆地跑过来,把违禁宣传单塞到布袋里。我对那些传单不感兴趣,因为我看不懂汉字。士兵们大喊:"别看那些东西!"他们又补了一句:"拿那些东西你就得进监狱!"由此我能感觉到他们也是出于好意。

我弯腰系鞋带,顺手把几张宣传单塞进口袋,然后走回宿舍房间。

我锁上门,拉好窗帘,从口袋里扯出那些违禁品。我看不懂汉字,自然也就不会相信其中的一字一句。然而令我震惊的是,大陆人居然跟我开始喜欢的台湾人相像。在此之前,我从未把中国大陆人当作人民,完全把他们当作"敌人"。毕竟我们不会真的想杀死那些现实中的人,那些有血有肉有父母手足的人。与杀死无名无籍、抽象的敌人则不一样——尤其是借助高科技,只需按一个按钮就能远程消灭敌人,与按下电子游戏控制器上的按钮并无区别。

我尝试更深入了解大陆,但台湾严格审查提及共产主义的一切资料——无论是杂志报纸、小说还是词典释义。他们会把整行、整段乃至整页的内容删去。然而我坚持不懈。当我了解到四分之三的台湾人与大陆人有亲缘关系时,我便决心终有一天要到海峡对岸一探究竟——不过,我小心翼翼地不向台湾人,也不向我的上级透露半点想法。假如我当时表露出自己的意图,恐怕就再也无法离开台湾,也肯定不会被招募成为美国空军特别调查办公室(OSI)特工。

最美好的祝愿。

比尔
1988 年 6 月 21 日

中国是我们的媒人

亲爱的安吉拉、阿特：

离开了美国空军特别调查办公室（OSI），即将开始研究生学习，我决心要排除一切干扰，以便可以尽快动身去中国。双眼紧盯着课本学习，我的世界一下子缩小了许多——只剩下校内公寓、教室、图书馆、食堂。不过，兴许是缘分的安排，我那两个来自台湾的美国朋友查克·桑德斯和唐娜·桑德斯夫妇就住在离我3公里远的地方。复活节那个星期天，他们邀请我和另外10个年轻人一起出席复活节午餐。正是这一顿午餐，改变了我的人生。

我一踏进他们家，便被一位金发碧眼的年轻加州女孩吸引，她的容貌可以用中国的成语"秀色可餐"来形容。

她身边围着6个年轻男生，而我故作冷漠——却一直偷偷端详她的面容和身材。才离开OSI几个月而已，我的"监视技能"却已退步不少。我装作一副若无其事的样子偷偷观察她，却差点撞到墙上。这大概就是"一见钟情"吧。（就算几十年光阴溜过，她在我眼里依然魅力不减。）那个女孩始终没看我一眼，直至那天晚上一位朋友提到我前一天晚上攀岩时差点把命丢了。这种第一印象可不怎么好。我的朋友查克接着又问她："苏，你知道吗，比尔在台湾生活过而且很想去中国大陆！"

"真的吗？你是什么时候在台湾的？"她问。

启程到中国
1988 年

她跟我讲话了！

"1976 年到 1978 年。你去过台湾吗？"

"我在那儿出生长大！不过你在台湾的时候我在美国，刚好错过了！"

我们之间的坚冰打破了，我坠入爱河，这辈子都不打算浮出来。

我邀请苏星期四晚上去听方济会歌手赛巴斯蒂安·坦普尔的免费演唱会。等待的这几天，我不是数着天数过日子，而是数着小时过日子。我对当晚的乐曲已经没有任何印象，但感觉我对苏一见如故——直到演唱会散场。分别时，我拘谨地拥抱了一下苏，她却给了我一个离别吻，这令我大为吃惊。星期天刚破的"冰"，现在已在我脚边化为蒸汽腾腾的"水洼"。

我们的第 2 次约会是与一些非洲学生一起吃百乐餐①。不过，不花钱的约会不是长久之计，至少在美国是这样。第 3 次约会时，我打算挥霍一笔，请苏去吃晚餐。她穿着精致的晚礼服和高跟鞋赴约，期待着像她过去与前男友乔恩那样共度良宵。我却把她带到了一家便宜的快餐店。乔恩的停车费都比我们的晚餐贵。

值得庆幸的是，苏不在意我看起来很穷。

从第 1 次约会一直到 12 月在台湾举行婚礼，我和苏至少每天见 1 次面——除了 7 月 4 日。那天，她约了一群朋友去海滩玩，我则去洛杉矶北边的瓦尔耶尔莫高原沙漠地区，在那里的本笃会修道院修身养性。这所修道院是由一位于 1952 年离开中国的本笃会修道士创办的。我喜欢听老撒迪厄斯·杨讲神秘的中原王朝的奇闻逸事，也很敬佩那里的修道士一直为穷人服务——还很欣赏他们的诙谐幽默。多米尼克神父身材伟岸，喜欢穿着长袍、戴着黑武士头盔在夜色中晃荡，可怜的教区居民被他吓得魂都没了。

3 个月以来每天约会，我却开始忐忑退缩了。我知道再也找不到另一

---

① 每人自带一个菜大家一起吃的聚会。

个在台湾出生长大又对中国感兴趣的美国女孩。苏无疑是独一无二的。但是，她能否适应中国大陆的生活？她坚定地回答："你能行，我就能行"。不过，我并不这样认为。

1981年8月2日，我给苏的父母写了封信，说我期盼在12月与他们见面。岂料，两天之后我们就订婚了。

> 收信人：约翰·埃里森及家人
> 尊敬的埃里森先生、太太：
> 　　我想写封短信向你们问好……我在信里听你们说起关于苏、桑德斯夫妇、欧尼叔叔等人的许多事，期待着在圣诞节与你们见面。我和苏都在想办法存钱了，新台币、比索或其他任何便于使用的货币。我们打算去台湾时用行李箱带一些美国货给你们，回程就给自己带一些划算的中国货。我已经知道要带烘焙巧克力和阿司匹林。有时间的话也请写信给我吧。期盼收到你们的回信（当然，在给苏的信里写几句转告我的话也行）。
> 　　　　　　　　　　　　　　　　　　　　　　　　比尔
> 　　　　　　　　　　　　　　　　　　　　　　1981年8月2日

第二天晚上，在学校宿舍的停车场里，我试着跟苏提分手。我举了种种无法结婚的理由。苏只是默默地听着，我在心里不断责备自己。突然，我脑海闪过一个念头，立马脱口而出："12月要去台湾了，我们在那儿结婚怎么样？"这应该是史上最不浪漫的求婚了吧。

苏笑了："你开玩笑的吧？"

和苏一样，我也对自己的话感到惊愕，不过她公然嘲笑我就有点过分了。"不，我是认真的！"

苏瞪大眼珠："好，我愿意嫁给你！"

启程到中国
1988 年

台北两场婚礼喜结连理

寄信人：苏·埃里森

收信人：约翰·埃里森、安·埃里森，台北基督学院

亲爱的爸爸妈妈：

你们相信吗？我终于找到梦想中的另一半——甚至比梦想中的还要好！我知道你们一定会喜欢他的……他刚刚向我求婚了！是他提议我们在台湾举办婚礼的——其实，他是这样求婚的："你觉得圣诞节在台湾结婚怎么样？"过了好一会儿我才意识到他是认真的，因为在他求婚之前，我们才刚讨论完我们之间有多少分歧，我也有预感他会决定和我分手！……比尔是一个很有想法、充满梦想的人……希望快点儿收到你们的回信，听听你们的想法……

1981 年 8 月 4 日

寄信人：苏·埃里森

收信人：约翰·埃里森、安·埃里森，台北基督学院

亲爱的爸爸妈妈：

真是一个令人激动的夜晚啊！比尔今晚和我共进晚餐，居然带来了钻石戒指，给了我一个惊喜！原以为他不得不等到把车卖掉之后才会去买戒指，没想到他这么快就去了，还特地从存款中取出了 1000 美元。他本来没打算这么做，因为这笔钱在赚利息呢，不过他今天跟凯伦说想给我个惊喜。还真是个惊喜啊！

爱你们的，苏珊
1981 年 10 月 12 日，星期一

苏的母亲与在台湾的外国人社群里的人，用了几个月时间来筹备我们将在台北基督教堂举行的婚礼，不过"山姆大叔"①只承认走过场的中国法院仪式，所以我们办了两场婚礼了。1981年12月10日，我们与另外两对中国新人一起举办婚礼，我和苏为彼此别上大红花，向百无聊赖的法官及他身后俗丽的霓虹灯一鞠躬，向在场观众二鞠躬，向彼此三鞠躬。没有婚礼宣誓，没有接吻，就这样结婚了，至少在法律意义上结为夫妻了。苏的母亲在婚礼4天前才见到我这个退伍军人准女婿，仍然对我不放心。相比起法官证婚，她更愿意相信教堂婚礼仪式。所以我不得不照旧睡了几天沙发，直到星期天，我们在淡水港口小镇附近的基督书院圆形礼拜堂办完婚礼。

那天，礼拜堂里坐满了来宾，我记不得都有什么人了，只记得牧师大卫·伍德沃德，他是一位传教士，曾骑马去西藏。我当时太紧张了，感觉像是我自己要晃荡着去西藏，但机票和护照却在我岳父那儿。看着自己唯一的女儿搭上飞机安全起飞并且万无一失，他才感到欣慰。

婚礼后，我们手握一把闪闪发亮的刀切开中式婚礼蛋糕，塞一块到对方的嘴里。幸好不是我们之前预想的猪油蛋糕。

在攻读研究生期间，我创办了一家公司来还清学习期间的债务，同时存钱准备去中国。值得高兴的是，公司生意兴隆，6位数的收入让我能够给苏她在嫁给我这个穷学生时要放弃的生活。然而，我们越是能过着所谓的"美国梦"生活，我越是担心："苏能放弃这一切去中国吗？我能吗？"

1987年9月，我犹豫地问苏："如果现在把公司卖掉，我专心写完博士论文，然后我们移居中国，你觉得怎么样？"这并非好时机。苏还在

---

① 山姆大叔：美国人的绰号。

给山农哺乳，肚子里怀着马修。但是她说："如果你觉得这是对的，那我们就去吧。"

听说过厦门吗？

第二年3月，苏生下了我们的二儿子马修。1个月后，我们接到从泰国打来的陌生电话："我听说你放弃了自己的公司，准备去中国学中文。你听说过厦门吗？"

"没有，我没听说过。"我说，"我妻子刚刚生了宝宝，对我们来说现在不太合时宜，或许明年吧。"

一个星期后，又有一个陌生人（此人不认识泰国的那个人）从加州奥兰治打电话来说："我听说你放弃了自己的公司，准备搬去中国？你听说过厦门吗？"

"有！上星期刚听说！"第二天早上，我和苏驾车到奥兰治和那个人见面，他向我们介绍了厦大的海外学院（这是中国最早开展对外教育的机构，创办于1956年）。全中国只有厦大为留学生提供住宿，所以留学生可携家眷前往。当我们了解到厦大与台湾隔着海峡相望，就打定了主意。到了8月，我们便破釜沉舟，带着两个宝宝一起移居到厦门——对此，我们从未后悔。

俗话说，美好的婚姻是天作之合，我也相信这句话。不过，既然是我们对中国的共同兴趣让我们走到一起，"中国"便可说是我们的媒人了。

爱你们的，

比尔和苏
1988年7月19日

4

搭乘慢船去厦门

亲爱的约翰、格温：

我和苏在台湾结婚7年之后，终于决心破釜沉舟了。在"东方之珠"香港逗留了3个星期后，我们推着一辆双座婴儿车，带着一摞行李箱、大衣箱，站在香港码头的灰色水泥地上，既兴奋又紧张。一辆老旧的巴士停靠在我们身旁，车门一开，下来一批日本游客，他们戴着棒球帽，提着相机，挥舞着旗子。海边的空气弥漫着一股死鱼气味，还有柴油燃烧后散发的芳香，隐约飘荡其间的还有那让人头疼的脏尿布的臭味。

"轮到你了，比尔。"

我们将双座婴儿车推上步桥，心满意足的马修坐在前面，两岁大的山农坐在后面，他吸吮奶嘴的样子，就像巴顿将军①抽着雪茄，沉着地观察一切活动，似乎在做着记录。

我们登上"集美"号，向一位身着干练制服的乘务员出示了我们的护照和船票后，就随着他的引导前往相应的客舱。在香港的3个星期里，我的压力越来越大——主要是因为手扶电梯上下两端都多建了几级台阶，搬双座婴儿车上下电梯着实耗体力，做出如此设计的人肯定没用

---

① 巴顿将军：二战期间美国的一位将军，以雷厉风行地整治军纪出名，功勋垂世。

过婴儿车或者轮椅吧——想到可以在客舱里享受18小时的宁静旅程,我很开心。但事与愿违。

大约午夜时分,苏大喊:"比尔!"

我忽地坐起身,头砰的一声撞到上铺。"怎么了?"

"蟑螂!我讨厌蟑螂!"她叫嚷道。成群的蟑螂在墙壁上、铺位上爬来爬去,还爬到了枕头上。"我实在没法对着蟑螂睡。我想换房间。"

"苏,如果这里有蟑螂,肯定整艘船都已经蟑螂肆虐了。换哪间房都没用的。"

"我不要睡这间房!"

"那就用你带的雷达杀虫剂喷一喷。"我提议。

"那气味会让我头疼,而且我知道这地儿蟑螂到处爬,怎么着也睡不着了。"

"那你到底干吗要带那罐雷达?"

"不要大呼小叫,比尔。全世界都听到了。"

"我没有大呼小叫!"我大呼小叫起来。

"算了,当我没说吧,比尔。我今晚通宵看书好了。"

我噌地一下跳回床上,再次撞到头。我也讨厌蟑螂,但束手无策,只好猛地拽过被子蒙着头,试着入睡。

这可不是什么好兆头。

我做了一场惊悚的梦,梦见与蟑螂军团率领的各种虫子大战无数回合,醒来时"集美"号正徐徐滑行驶入古老的和平码头。苏满眼通红,凝视着舷窗外面,舷窗上结了一层盐。她整宿没睡,默不作声,用责备的眼神瞥了我一眼。我怨恨自己,暗自发誓无论用什么方法,都要让我们在厦门住的公寓远离虫害，但没对她表态。接着，苏默默地抓起我的手握着，再次证明她拥有女性独有的坚韧品质。

结婚这么多年，我和苏依然是彼此的挚友，仍然保持每周至少约会一次。不过，我们也免不了争执，但通常都是为了些鸡毛蒜皮的小事。苏珊·玛丽最钟爱的一条道理是："不能一直对携手共度一生的人生气。"

传统的迎宾之道

我们还没能从马修的嗅觉攻击中缓过神来，船上的喇叭就发起了攻击。耳边传来一段非常响亮的乐曲，那是用廉价电子琴弹奏录制而成的，接着是整整5分钟的中文广播，随后是20秒的英文总结："海外华侨同胞和外籍人士请前往一号区的卫生检疫站，本国同志请前往二号区。请各位填好入境表。"

等待检疫的队伍从一号区往下排了两截旋梯，一直排到我们房间外的过道上。知道一时半会儿轮不到我们，我们便在铺位上等，直到外头的人像要被引上固定架的牛群一样开始晃晃荡荡地沿着通道往前挪。这着实等了好一阵儿，因为海关、出入境和卫生方面的公务人员还没上船。我们盯着舷窗往外看，外面人头攒动，挤满了乘客的亲友、三轮车车夫、码头工人，另外还有一群形形色色的乞丐，他们肢残状况各异，颇有创意地表明自己丧失了工作能力。大约半小时后，人群中让出了一条道，14位公务人员大步迈上步桥，走进"集美"号船舱内部。

我思忖着，他们是否凡事都要刻意拖延。我曾经读到过，在埃塞俄比亚，重要人物只执行重要任务，重要任务自然要耗费更多时间。于是他们会在最无关紧要的任务上挥洒时间，唯恐匆忙完事会有损他们的社会地位。

那批公务人员花了半个小时与船上的负责人寒暄，互敬香烟，倒茶，堆叠各种表格。乘客队伍的行进又得多花数小时了，因为只有4位公务人员在柜台上工作，其余工作人员则守在柜台区，呷着可乐，抽着烟。

我排了两小时队才到一号区的门口。公务人员一脸严厉，反复细查我们一家的护照和卫生表格，仿佛以前从未见过同类型的。他拿着卫生表格在我面前挥了挥，问道："你们从来没得过这些病吗？"

"从来没得过。"我说，心里却纳闷，谁会承认自己得过。

"另外3个人在哪儿？"

"在客舱里。我老婆带着两个宝宝，排队两个小时太辛苦了。"

官员眯眼审视我："我必须当面见到他们。"

我扫了一眼身后迂回曲折的长长队伍，"我把他们叫过来之后，能直接回到队伍最前面吗？"

"不行！到后面排队去，这是规定。"

我不得已往回撤，真希望自己能像中国人那样坚忍克己。不过，有几个人向我投以同情的微笑，我意识到，在看似神秘莫测、从容不迫的外表之下，藏着相似的心灵（那时我根本无法想象，几年后，连严词厉色的海关人员都成了我的朋友）。

见我回到客舱，苏说："你怎么才回来啊。"

"事情还没办好呢，苏。你和儿子们得亲自露面才行。"

"什么？"苏气红了脸，"但是——"

"队伍很长，我们还得重新排队。"我说，"我们这就去把这事给办了吧。"

人潮让路

苏牵着山农，我抱着马修，人群如红海海水在摩西脚下自行分开让出一条路来①。看到我们这两个黄头发的小宝宝，人群发出阵阵称赞："真可爱！"几乎每个人都说："排到我们前面去，到前面去。"

很快，我们又回到队伍的最前面，我把手上的文件一推，放到那位公务人员的眼皮底下。

他呆呆地看着我，肯定没想到我居然不用排到第二天，而是马上就回来了。他把每本护照的每一页又重新检视一遍，唯恐我去把苏和儿子们叫来的时候动了手脚。他甚至盯着空白页看，仿佛是在查找用柠檬汁或者牛奶书写的隐秘信息。

那位公务人员颇不情愿地给每份文件盖章，把表格扎到一根生锈的大钢钉上，使出的气力和气势让我不禁畏缩。接着，他把我们一家的护照和4枚小小的金属圆章朝我们这随便一丢，说："下一个。"

"这些是用来干吗的？"我问。它们看起来像是在"毛派②周日学校"因熟记革命诗歌而得到的奖章。他无视了我，伸手抓起一个人的文件，排在我身后的那个人已迫不及待地把文件塞到他眼前。他不再理睬我了。

下一站的工作人员把我的4枚圆章收走了，可能我记住的诗歌还不够多吧。船上的高级船员朝我敬了个标准有力的礼，两名甲板水手接过我们的行李，搬下钢制台阶，在一片"老外！"的叫声中，我吃力地拉载着两个"洋娃娃"的双座婴儿车。我们找到早已分散在各处且磕碰磨

---

①《圣经·出埃及记》记载：神的仆人摩西带领在埃及为奴的以色列人逃离埃及到达红海海边时，眼见要被埃及追兵赶上，在情况万分危急的关头，摩西用耶和华的手杖指向滔滔红海，使海水分开，显露出一条海底大道助以色列人逃生，当埃及追兵赶到时，海水又复合起来，将埃及军队淹没。在摩西的带领下，以色列人终于逃离埃及，获得自由。

② 指信仰毛泽东思想的人及组织。

启程到中国
1988 年

损的行李箱，朝海关走去。

"有没有要申报的东西？"百无聊赖的官员问到。接着她看到我们的两个小宝宝，绽出笑容，"真可爱！"她察看了我们携带的 10 件行李，疑惑地问："来旅游的？"

"我们是来厦门大学学中文的学生。"

"学生呀？欢迎来到厦门！"她不再多说，挥一挥手让我们通过了——不用填表格，不用开箱检查。

我想，您就是潘先生吧？

中国的现实情况最是令人手足无措，绝不可能通过死板的统计数据为此做好准备——中国人口占世界人口的五分之一，和平码头上似乎聚集了其中很大一部分。人潮的喧嚣如涨潮的潮水般淹没了我们。这时有人高喊："潘先生，您终于到了！"

我们在厦门无亲无故，连学校领导都不知道我们搭乘哪一班船来。可是却有一位老人，穿着一身灰色外套和制服帽，一边喊我，一边挥摆着一片纸板，上面潦草地写着我的中文名字"潘维廉"。他左拐右绕穿过熙熙攘攘的人群，用双手抓住我的一只手，拥抱了我一下，边笑着边连珠炮似的哇啦哇啦说了一串中文。我只听懂了大意。"我不知道您什么时候到，连着一个星期，每一班船我都来接。"他看到我们茫然的神情，解释道："我是约翰，老常写信提过你们。"

老常是我在攻读硕士期间认识的一位来自上海的中国人。"文化大革命"之后，他移居美国，我聘请他当我们的中文老师。我们每个月付给他 500 美金，持续了一年。一年后，我们手上的钱少了 6000 美金，比以前更穷了，却没有学到多少中文。不过他给我们讲了许多关于中国的故事——我们觉得大部分都很牵强：夜里公交车在没有照明的情况下运营，鱼唇也算是美味佳肴？我听得越多，越怀疑我的硕士学位应当是跨星球研究，而不是跨文化研究。

老常一听说我们准备去厦门大学，就告诉我们："我在厦门有朋友！我会给他们写信说说你们的事。"

"没关系，"我告诉他，"反正我们到时要忙着学中文。"

"好吧。"他说，然后还是给那些朋友写信了。我们很庆幸他写了信。刚下船，我们已经精疲力竭，十分感激在汹涌的陌生人潮里有一张亲切的面孔，有这样一个人帮我们一把。我心中默默感谢固执的老常。

约翰再次拥抱我们，笑容满面，咧着嘴，两颗金牙在阳光下闪烁。"这两个是你们的儿子吧？真可爱！"我们把10个行李箱堆上一辆老式的平板货车，前往大约4公里外的厦大。狭窄的街道坑坑洼洼，蜿蜒曲折，两边排列着三四层高的建筑，看起来更像是欧洲建筑，而非东方建筑。我们了解到，这座别具一格的港口城市是鸦片战争后被迫开放的5个通商口岸之一，因此融合了亚洲、美国、英国、法国的建筑风格，20世纪早期的学者专家称之为"厦门装饰风格"。

货车一路颠簸，最后停在大学附近一家招待所门前，招待所名叫"度假楼"。我们在那儿住了一学期，称不上是度假，但必然是一场奇遇。

谨致问候，

比尔和苏
1988年9月9日

潘维廉在台湾留影（1977 年 11 月）

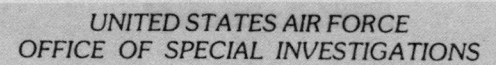

潘维廉在美国空军特别调查办公室任职期间的名片（1979 年）

潘维廉一家在厦港码头合影（1988 年）

假日宾馆里的学生生活

食堂排队大战

电视机与烤面包机

厦门——美丽的海港

Chapter

2

第二章

厦门大学度假楼

1988 年 9 月至 1989 年 1 月

5

假日宾馆里的学生生活

爸爸妈妈：

在厦门问候你们早安！

厦门大学——南方之强

> 这所学校（厦大）是一所完全中国式的院校……若我们设想未来的日子，在全中国最鼓舞人心的事物当中，这所学校称得上是其中一项。
>
> 保罗·哈钦森《华东重要布道区指南》，1920年

厦门大学建于1921年，素有中国最美大学之称。创办人陈嘉庚白手起家，从一个农村男孩发展成为"亚洲的亨利·福特"。大学里别具一格的西式建筑搭配中式屋顶设计，象征着陈嘉庚希望在中国传统价值观的基础上发展现代教育的愿景。

陈嘉庚也致力于广纳世界价值观。1956年，厦大开设海外函授学院，这是中国第一所专门招收外籍学生的学院——比西方盛行的远程教育还早了将近半个世纪。1988年，我们之所以来厦大，仅仅是因为它是当时中国唯一一所为外籍学生和家眷提供住所的大学。许多成家的外籍学生都迫不及待地抓住这个机会，因此宿舍已经住满。为此，校方把我们安顿在校园外的"度假楼"。

厦门大学度假楼
1988年9月至1989年1月

    度假楼有3层高，离教室和食堂也不近，但从我们住的2层楼窗户看出去，外面景色足以媲美《国家地理》的风景照。街对面的南普陀寺有1300年历史，庙宇和禅院散布在五老峰上。小贩在寺门外兜售佛香、蜡烛等佛教用品以及纸钱。进香拜佛的人会一摞又一摞地烧纸钱，面值好几十亿元呢。阴间的通货膨胀肯定高得不得了。

    窗户下方的摊贩叫卖吆喝着："冰糖葫芦！""现切菠萝！""茶叶蛋三分钱一个，两毛五一斤！"修鞋匠来自遥远的四川，毗邻西藏，用胶水和缝线修补挽救磨损不堪的鞋底。同安来的农民用一台烧煤炭的铸铁装置做爆米花，每隔几分钟就"嘭"一声，跟大炮似的。这场面充斥着各种色彩、香味和声响——与鲍尔在1856年所描写的相似：

> 中国人本质上是一个喧闹的民族；所有东方人都是这样。他们喜欢喧嚷着说话一定与他们在户外待的时间长有关系；因为即使轻声交谈就能达到目的，甚至效果更佳，他们依然会互相叫嚷。他们的音乐大多数都十分喧闹，用的是钹、锣、大鼓、不调音的六孔竖笛、尖锐刺耳的长笛，并且完全没有轻柔演奏的部分。人们不由得会认为，对中国人而言，持续不断的强音和极强音与最轻柔甜美的无唱词乐曲一样悦耳动听……尤其是春节期间，这种喧嚣和震耳欲聋的声音便充斥着大街小巷，爆竹声声，不绝于耳，在这个喜庆欢乐的时节，喧嚣浓烟猖獗蔓延。那时，在当地任何一个城市的外国人都会遭殃……晚上几乎不可能入睡……
>
> 鲍尔《喧闹的民族》，1856年

我们透过窗户便能欣赏到无比迷人的厦门风光，犹如出自《国家地理》的全景照片。然而，度假楼的前门却不是全天开放的，从晚上十点半到早晨七点，前门会从外面上挂锁——当然，这都是为了我们的安全。"着火了怎么办？"我问道。

"不要紧！"这是中国人的口头禅。

"不要紧！如果着火了，我们会给你们开门。"

"我要紧！"我提出抗议。1970年代，我在台湾做消防志愿者，负责开消防车，至今还会梦到那时目睹的险情——人们被困在熊熊燃烧的大楼，从十楼窗户纵身跃下。于是，我自制了绳梯，以防万一。

虽然度假楼对防火不上心，却十分重视其他方面的安全保障，还因此获得了公安局的表彰。无论是中国访客还是外国访客，进出时都必须出示身份证并在前台登记，还常常遭到盘问。我们起初不免埋怨，但很快便开始感激这一道小小的屏障，把我们住客与尘嚣隔开。

隐私抑或孤独？

1990年代中期以前，厦门街头的外国人寥寥可数，我们如同厦门动物园里稀奇古怪的动物一般，常遭人远近围观。19世纪的传教士称之为"中国式注视"。只要我们在街上稍停片刻，立马就有一群路人伸长了脖子呆呆地盯着我们看。

我曾跟一位厦大教授说，曾经有中国人拽我头上的金发，想看看是真是假。他大笑，用手轻轻抚过我手臂上的毛，说："你们外国人手臂上长很多毛，表示你们与猩猩的亲缘关系比我们中国人更近。你可能有亲戚在附近山上的树林里窜来窜去！"他知道我属猴（我挺自豪的）之后，越发拿我打趣了。

就算度假楼的安全保障得到过嘉奖，仍然有陌生人不请自来，进我

厦门大学度假楼
1988 年 9 月至 1989 年 1 月

们的房间，翻抽屉和衣柜，一屁股坐到床上要跟我们练英语，或者来看看外国人是怎么生活的。感觉像在录制《探秘有钱老外的生活》①（按他们当时的生活水平，我们确实是富裕的）。在我们看来，这些举动鲁莽无礼得令人难以置信，但在有着 13 亿人口的土地上，隐私是件奢侈品，少有人享有——甚或可以说少有人想要。驻厦门的传教士麦嘉湖撰写过 10 几本关于中国历史文化的著作，他在 1907 年这样写道：

> 从这一点可以轻易推断他们（中国人）喜爱欢声笑语，喜欢事物明朗欢快的一面，热衷社交，好与人为伴，喜欢大声演奏音乐，燃放爆竹等。与之相反，孤独感令英国人喜欢独处，日复一日独守一屋，不愿走访亲友，对华人而言，这种孤独感是相当难以理解的。
>
> 麦嘉湖《中国生活掠影》，1907 年

吃了吗？

连中国的语言都反映出他们对隐私不甚在意。西方的问候语是不涉及个人、不冒犯隐私的。"你好吗？""天气不错"，只需含糊地回应便可。哪怕我们快断气了，也会气喘吁吁地回答："我很好，你呢？"中国的问候语则涉及个人隐私。

中国人打招呼，会问到你正在做的事，常听到的是："吃了吗？"或者："去上班啊？""去买东西啦？""买什么啦？""这多少钱？"我曾在公交车上遇到陌生人问我："你在哪里工作？挣多少钱？"

---

① 作者仿照 1984 年至 1995 年期间在美国播出的电视节目《探秘富豪名流的生活》（*Lifestyles of the Rich and Famous*）臆造的节目。

这种看似"好管闲事"的问候语不仅反映出他们完全缺乏隐私观念,还表明他们确实对他人的事十分感兴趣。虽说是"好管闲事",但却带着一丝纯真,既惹人厌烦又招人喜爱。麦嘉湖一定有过同样的经历:

> 吸引力在于中国人本身,他们没有刻意为之,但外国人还是感觉自己被施了催眠术,不自主地受其吸引。你解释不清,也说不出其中缘由。
>
> 麦嘉湖《中国生活掠影》,1907 年

温馨的家

我们在度假楼有两间房,两间相对,中间隔着公共走廊。保安管得住路人,却对两岁大的美国小孩束手无策。我们和他们想尽各种办法,山农却依然好几次径直溜到大街上。幸好马路上没什么车。对于多数人来说,连自行车都是奢侈品,我们常看到一辆自行车上载着四五个人。中国人都知道我们很富裕,因为我和苏竟买了两辆自行车。

我们在度假楼的两间房各有浴室,我把其中一个浴室改造成储藏室(办公室)。我在马桶旁边硬塞进一张摇摇晃晃的松木桌,在马桶上方装了个铁线书架。把错杂缠绕的电脑线、电源线、打印机线藏到水箱后头。到访的中国人和外国人无不惊叹于卫生间(办公室)的布局,不过这很实用,尤其是头几个月,我们频频闹肚子。

度假楼本身存在一些问题,但我们尽量不去抱怨——至少不抱怨太多。居住环境很简朴,但也十分整洁,厦大的领导会自豪地带访客来这里参观。我不能责怪他们。我们的居住条件比中国人好多了,甚至

胜过系主任。中国的教授和领导都是一家子挤在一个房间里，更有甚者是祖孙三代挤在一起——而且，他们只能使用公共浴室。我时常看到我们院长身穿浴袍走过一栋楼去浴室洗冷水澡。假如是我，我会不管三七二十一，像偏远山区的人那样一年洗一次澡的。

中国的教授也没有厨房——这是实实在在的困难，因为在中国，民以食为天。然而，需求乃发明之母（这也是为什么中国人会有各种各样的发明创造）。教授们在公共走廊里划出空间，用纸板、塑料和胶带搭建厨房，在纸板做的门上挂上铁锁。这些门连小孩子都能轻而易举地扯开，如同日本房屋的纸墙一样，实乃防君子不防小人之举。而且，的确没有发生过盗窃和蓄意破坏财物的事——或许是因为确实没有什么值钱东西可偷吧。

不过，即使是在1988年，学生的服装依然比我预想的时髦得多。

土黄色

来中国之前，苏说："我要添置新衣服，中国那边的人不穿颜色鲜艳的衣服，也不穿短裙。"

我怀疑她只是想把全部的衣服从里到外统统换掉。"现在不是'文化大革命'时期了，苏。我敢肯定他们比过去时髦多了。"

"你不懂，最好以防万一。"她说。

苏错了。一些年纪较长的中国人穿旧式的暗色服装，但年轻人就不一样了——尤其是年轻女性。和苏在校园散步时，我指着一位面容姣好、身穿亮黄色迷你裙的年轻学生说："苏，看看那条裙子，是短裙，还是黄色的——不是蓝色，也不是灰色。"

她瞪了我一眼，说道："那是无趣的土黄色。"

无言以对！不过，我知道她又说错了，因为在中国没有什么是无趣的。

对你们真挚的爱。

比尔和苏
1988 年 9 月 9 日

老潘有话说

对于中国人"好管闲事"的问候，我后来学聪明了。一旦有中国人瞄准了我开始提各种问题，我就会递上一张卡片，上面印着："您好！我叫潘维廉，在厦大教工商管理硕士，挣的钱多到要纳税，但还没有多到要想办法避税。您呢？"

厦门大学度假楼
1988年9月至1989年1月

6

冰箱引起的内讧

亲爱的妈妈爸爸[①]：

告诉你们一则好消息——我们终于有了一台自己的冰箱……

在中国，冰箱是身份的象征，但是对于居住在度假楼里的外国人来说，则是必需品。别的不说，我们得储存我们从香港买回来的火腿、蛋黄酱和奶酪，这些可是我们的宝贝。因此，我们请求厦门大学的领导安排一台公用冰箱。

"没必要吧，"他们答复说，"冰箱是奢侈品，不是必需品。"

第二天，我向我的汉语老师抱怨："我以前觉得中国人很含蓄。你说过，中国人从来不会直接说'不'，只会说'可能'或者'我们会考虑一下'。"

"这是真的，"她说，"但是我们了解你们的文化。他们直言不讳，你不欣赏吗？"

"如果他们说'好'，我肯定会欣赏"，我回答。

因冰箱被视作奢侈品，我们的申请遭到拒绝，度假楼的40名外国成年人集资购买了一台松下冰箱，这台冰箱只有我们在美国使用的双门大冰箱的四分之一大。校领导抱怨冰箱太浪费电了，但是我们指出冰箱是

[①] 指潘教授的岳父岳母埃里森夫妇。

节能的，他们终于做出了让步。此外，当他们展示外国学生居住的度假楼时，厨房里有台冰箱看起来也不错。

为了维持秩序，我们给每个外国人分配了25平方厘米的存储空间，制定了严格的规则。没有标注主人名字和房号的罐子或者整晚放空的存储空间都会被别人侵占。因此如果我们没有食物要存储在冰箱里，就会在里面放上空盒子，以防其他人侵占自己那4平方英寸的空间。

我很惊讶，原本和睦的一群人竟因为小小一个空果酱罐占据的空间而大动干戈。怪不得人类战争不断。

最终证明，中国人是对的——我们真的不需要冰箱。在厦门根本买不到我们从香港买回来的果酱、黄油和奶酪。不到一个月，这台冰箱一半空间都放着空罐子，上面写着"不准动！208房间XXX的物品！"。有一个人机智地在空瓶子上写道："谁碰谁死。"

鉴于大家对冰箱的争夺太过激烈，我和苏商量买一台冰箱自己用，但是最终还是放弃了，以免显得我们过于奢侈。说来也巧，就在第二天，我们便收到了加利福尼亚州消防员Elvin M.的来信，信中写道："现在是午夜，我觉得有必要给你写一封信。我和我的朋友们决定送你一件圣诞礼物……我们想到了冰箱"。缘分！

中国人可能会嘲笑我们的电视机小，但是我们175升容量的高士达冰箱还是让他们崇拜得几乎五体投地。

虽然领导们拒绝给我们安排冰箱，但是他们确实能够体谅40名外国人挤在两台丙烷炉上做饭的艰苦条件。毕竟，在中国，民以食为天。世界上最擅长烹调美食的是中国人，最懂得品尝美食的也是中国人。所以，一个周六的早上，几位领导给我们送来了一台价值100美元的高科技电磁炉。外观非常漂亮——但是完全派不上用场。

厦门大学度假楼
1988年9月至1989年1月

"这个很安全！"他们解释说，"只有锅发热，炉子不发热的。"但是用电磁炉就必须用钢锅，然而他们没给我们钢锅。我好几次骑车找遍了整个厦门岛，想要买一口钢锅，但是中国商店只出售铝锅——而铝锅是无法用电磁炉加热的。当我把这个情况反映给领导后，他们看起来有点尴尬。我们意识到这是一个"面子"问题。他们在购买电磁炉之后才意识到没人卖钢锅。所以我们感谢他们送来这款漂亮的电磁炉，把它放在厨房最显眼的地方。我们从来没用过这个电磁炉，但是它看起来确实很酷。

请代为问候其他家人——期待你们的回信。

爱你们的，

比尔、苏和儿子们
1988年9月15日

老潘有话说

我们可能是厦门最早拥有微波炉的人。厦门大学的一位教授曾问我，微波炉使用前要预热多久？如今，厦门人拥有现代化的厨房，但是他们仍然用砧板、菜刀和炒锅烧制出全世界最可口的饭菜。我希望永远如此。

7

食堂排队大战

爸爸妈妈：

在厦门问候"你好"。

抵达假日旅馆不久，我们便向学校请求提供烹饪设施。他们回应："已经在安排了！"不到1周时间，他们便用玻璃包起一个0.9米×1.2米的阳台，用混凝土搭了个水槽，还安装了双炉膛的丙烷炉炉灶。这确是善意之举，但无法满足40个成年外国人和8个小孩子的日常需求。每次做饭都要排长队等候，我和苏最终决定去试试厦大食堂——这是我们到中国以来要面对的最大挑战之一。

我们最喜欢的食堂，是一幢灰砖建筑，活像狄更斯小说里的济贫院。亚热带的烈日照得我眼前白晃晃一片，只能依稀看到煤火微小的红色火苗舔舐着巨大的铸铁炒锅。待我双眼适应光线，才看到免烧陶土地砖铺成的地板，炒锅"魔法师"站在木制餐台后面，餐台上摆着大铝盘，盛着冷饭，还有一碗碗煮卷心菜、凉了的炒蛋、猪肉、鸡肉、腌菜和馒头，排得满满当当的。虽然外国人对这些食物时有抱怨（谁不抱怨学校食堂的食物呢？），令我惊叹的是，厨师每一餐都能快速烹制出如此多样的菜式，供厦大几千名学生享用——全凭这几口大炒锅、几把切肉刀和几个煮锅。

学生静静排坐在松木桌旁的素色松木长椅上。他们的铝碗大部分都

厦门大学度假楼
1988年9月至1989年1月

盛满了食物,主要是饭,还有一点蔬菜、猪肉和炸鱼。他们把铝碗端到嘴边,用金属勺子把食物扒进嘴里,只有外国人才费事用筷子。用餐完毕,他们把剩菜倒在桌子中央,堆成一堆,然后在外墙边的水龙头底下冲洗各自的餐具,最后回到拥挤的宿舍(每间宿舍摆4张双层床,住8个人)。

我渐渐开始把那堆残羹剩饭看作是有用的预警信息,用来判断哪些菜受欢迎,哪些菜不受待见。但是,要成功打到那些食物,我得好好琢磨应该怎么排队,还有怎么顺利地支付餐费。

排队如跳排排舞

单单是琢磨怎么排队就花了3天。想象一下,500个学生饥肠辘辘,争先抢占排队的最佳位置,就等6名厨师舀出他们的最新烹饪作品。学生们争先恐后,有的把手举过别人头顶,有的伸长手越过别人的身体,有的把手从别人的头下、腋下穿过去。只要不与被推搡的人四目对视,双方都能留住颜面。令我感到惊奇的是,他们在整个过程中都和善地保持耐心。换作在美国,早就有人发火开枪了。

第二次,我等到只剩下三三两两的人时才去排队,不过那时我只能买那些别人挑剩下的菜了。第三天,我又换了一种策略,在食堂开门前半小时就在门口外面防守阵地。当身后慢慢聚集一群排队等待的人时,我便叉着腰、气定神闲地站着,刚好能挡住门口。不过这只是白费力气,门打开的那一刻,一个可爱的小姑娘一俯身"嗖"的从我左手臂下方钻过去,一个男人从我右手边往里挤,等我回过神来,自己已经淹没在剧烈翻腾的人海中了。

终于轮到我点餐了,刚激动没一会儿,对方却说:"不收现金。只收食堂配给票。"

"怎么拿到食堂配给票?"我找系主任询问。

"配给票不分配给外国人。"她说。

"但食堂不收现金。"我说。

"当然。这是规定。他们只收配给票。"

然而,有几位中国老师和领导很有同情心,就算他们常常不够用,还是把他们自己的配给票分给我们一些。他们的慷慨大方令我感动,我暗自发誓要更有耐心,不再抱怨——这个誓言我遵守了整整3天。

学校终于想出办法给我们分配粮票,我们再把粮票兑换成食堂饭菜票——用起来还真是不容易。

实行配给制的理由

中国的配给制无所不包,不过配给制对我们美国人来说不算新鲜事。二战期间,美国执行的配给制也涵盖一切,从奶油、糖等日常调味品,到巧克力等食品,再到尼龙长袜之类的衣物。我祖母说过,一次她姐姐不知从哪儿弄来一捆渴望已久的糖票。"22斤糖!"她感叹道,"我们得赶紧,不然被囤户买光了。"

然而,中国所面对的紧缺程度是二战时的美国人无法想象的。有时食用油的配给量是每月仅两汤匙。

中国配给制的配给量取决于年龄、劳动类型(轻体力劳动或重体力劳动)、农村户口还是城市户口、南方人还是北方人(北方人偏爱面粉和小米,南方人偏爱大米)。配给涵盖主食谷物、肉类、食用油、糖、酱油、豆腐、鱼类、蔬菜、酒、汽油、丙烷等等。

配给票比现金更有实用价值,因为有现金的人寥寥无几,即使有现金,能买到的东西也屈指可数。不过,我认为厦大应该给研究生开设配给票使用课程。

食堂配给票分为8种,包括大的纸质票和小的塑料票,有3种面额:

厦门大学度假楼
1988年9月至1989年1月

红色可兑换10份，黑色5份，绿色1份——虽然有时绿票的实际颜色会是蓝色或黄色。

有时，我一手用托盘端着好几个碗，一手抓着一捆各种颜色的粮票、肉票、油票和菜票，要从嘈杂的人群中挤开一条道，不免有些慌张。怎样牢记哪些是肉票，哪些是粮票呢？最后，我终于弄明白了。粮票是纵向打印的（正如粮食是纵向生长的），肉票是横向打印的（正如一只已被屠宰的家畜横摆着）。嗯。不过，哪张票对应哪道菜？

我把蔬菜票递过去，要一份炒青菜，对方却说："还要一张肉票，这里面有猪肉。"我用一张粮票来买包子，却听到"是菜馅儿的，还要一张蔬菜票。"我笨拙地摸索着手中被揉成一团的各种票，后面的人等不及，便伸长手臂，越过我头顶或从我手臂下方穿过，迫不及待地要买饭菜，学生和服务员纷纷嘟囔："哎呀！外国人。"

总而言之——真让人感到沮丧。为了吃顿饭，我们每隔几周就得至少跑两趟银行，每次至少得等上90分钟，经过4次货币兑换才能换到中国钞票，然后才能用这些中国钞票来购买配给票，接着还得把配给票再换成食堂票，最后才能买到我们吃的饭菜。要在拥挤的厨房和配给制之间做选择，我们放弃了在食堂吃饭，再次尝试自己做饭。

不过，这就是中国的生活。随着中国日益成熟，与其他国家的经济关系正常化，我相信一切都会得以改善——不论是对中国人来说还是我们外国人来说。

爱你们的，

比尔和苏
1988年9月29日

8

电视机与烤面包机

亲爱的安吉拉、阿特：

请代我向住在乔治亚州的各位致以问候，不久前收到了你们的来信，非常感谢。我再说说我们在厦门的生活，以解答你们来信中提的问题。

从香港乘慢船来厦门之前，我和苏买了一台烤面包机和一台电视机。我们想通过看新闻来学习中文。不过，听说中国人都买不起电视机，所以为了不让自己看起来太奢侈显摆，我们买了一台13英寸的小电视机。结果呢，中国人家里要是有电视机，至少都是19英寸的，看到我们的小电视都笑了。我们决定把原本这台卖掉，换一台更大的，但不管定什么价格都无法转手出去。最后，我们把这台13英寸的电视送给了一个本地人，虽然不用钱，但那个人还是嫌尺寸太小。

我们的烤面包机在我们一群老外中间最受欢迎——但也最经常引发矛盾。

没有教养的人与早餐

每当我们心中泛起思乡之情时，哪怕一丁点家乡的事物都能抚慰心灵——比如吐司。来到中国时间更长的老外嘲笑我们："在中国，就吃中国食物吧！"我喜欢中国食物，但一天三顿都吃也实在是吃不消，尤其是早餐。

清晨，从只比胶合板稍微软一些的中国床垫（真是简朴至极了）上醒来时，我的胃就开始渴望熟悉的味道——起码要等到我从迷迷糊糊的状态中完全清醒，才能意识到自己早已不在堪萨斯州了。

厦门大学度假楼
1988年9月至1989年1月

　　中国的早餐跟午餐和晚餐一样，种类十分多样。自助餐厅可能会供应五六十道菜！不过，谁想一醒来就对着米粥、腌菜、咸味花生和小鱼干呢？更何况，小鱼干那双干掉的眼珠子还可怜巴巴地盯着你呢。

　　我们的烤面包机拯救了我们。尽管有些外国人一开始对它不屑一顾，但是，不出3天，就已经有十几个老外每天早上排队轮流用我们的烤面包机。连着几个早晨，都有老外晃晃悠悠地在我们的房间进进出出，我们便去问旅馆管理员能否在走廊摆一张桌子来放烤面包机——我们保证"是为了大家方便"。他们要求我们遵守两个条件才答允：一、必须是可折叠桌（为符合消防规范）；二、不可以在周围搭建纸板厨房（我还真这么想过）。

　　那些冥顽不灵的"中国通"，一直炫耀他们吃油条、米粥和小鱼干也活得下去，尽管起初抵抗烤面包机的诱惑，最终还是屈服了，因为我意外发现，馒头涂上黄油在烤面包机里烤过之后，口感非常像英式松饼。宣告胜利！不过，我沾沾自喜的心情很快就消失殆尽。

　　排队使用烤面包机的队伍太长了，明明是自家的烤面包机，我和苏却要等上半小时。"不如我们凑钱买一台公共烤面包机吧？每人出一块钱就足够"，我提议。但是，那些花了500美元买日产小冰箱的学生却断然拒绝了——没必要，他们可以用我们的。

　　4个月后我们搬到教工宿舍，没人为此惋惜，倒是有一些人说："我们会想念你们的烤面包机的。"恰逢圣诞节，趁着节日的氛围，我和苏便千里迢迢前往东海百货，买来一台烤面包机送给他们。过程十分漫长，也让我们有所领悟。

通往天堂的楼梯

　　东海百货修建了厦门第一部自动扶梯。见过自动扶梯的中国人少之又少，许多人拒绝搭乘。就连身强体壮的码头工人，伸脚试着踏上电梯时都颤颤巍巍，最终还是掉头直奔楼梯走去，顾不上他们那班健壮同志们的揶揄嘲笑。

东海百货在玻璃橱柜里摆了许多台烤面包机，琳琅满目——当然了，全部都是同一个品牌的。店铺为了打造商品多样性的假象，会在商品架上摆满一模一样的罐子、箱盒或者袋子。这让我想起亨利·福特和他的T型车，"只要它是黑色的，你喜欢把它弄成任何颜色都可以。"我指出每台烤面包机上的塑料把手都坏了。店员不以为然地耸耸肩："把手很容易坏的，直接推金属条就好了。"

金属条会硌手指，但也不至于划破手指。我接着问："把手这么容易坏，那其他部分呢？"

店员指着彩色盒子上的"一年保修"中英文粗体盖章字样，说："一年内免费维修或更换。"而后，他开始填写一式三份的单据，不论是买电视机、烤面包机，还是买二号铅笔，但凡购物都需要这种单据。他用力把公章在红色海绵印泥上戳了一下，然后分别在三份单据上盖章，对我说："去收银台付钱。"

中国没有零钱

收银员坐在木制小隔间里，悠哉地翻阅一本影星杂志。我轻声清了清喉咙，但她熟练地忽视了我。我把三份单据和几种颜色的人民币（RMB）纸钞（有蓝、绿、红三种颜色，我原以为RMB指的是可回收垄断钞票）放在柜台上。她更加刻意地无视我，所以我把那叠东西缓缓推到她面前。她稍微抬头瞪着我，叹了口气："你想干吗？"

她是收银员，我已经把购物收据和现金给她了。这不是明摆着吗！我忍着没说什么。店员跟大象一样，记忆力还真是惊人，一朝得罪店员，以后永远别想买到你想要的任何东西，一句缺货让你没辙。就算眼前的商品架上明明堆放着你想要的东西，他们也会说："那些？不行，全

厦门大学度假楼
1988年9月至1989年1月

部坏了。不能卖。"

我恭敬地说："麻烦您，我想付这台烤面包机的钱。"我面带微笑，微微鞠躬，仿佛是启奏皇帝，从某种意义上来说，我的确是在启奏。

她仔细检查那些单据，说："你有没有正好的零钱？"

"是160块4毛吧，我给了你162块，很接近了。"

她把单据扔给我："我没零钱。"

朋友常对我说："你肯定见过中国的很多零钱！"

我回答："根本没有零钱。出租车没有零钱，商店没有零钱……"

大约2500年前，赫拉克利特曾说过："唯有变化本身是不变的。"在中国，零钱不够用才是亘古不变的现象。我翻遍了整个包，终于凑足了四毛钱，怯怯地把钱推过去，但她早已埋头看杂志。她看到那些硬币，便盯着我："我就知道你有零钱。"

她仔细检查每张单据，盖上印戳。红色盖章从来都干不透，轻轻一碰便模糊一片。怪不得人们说"赤色中国"，原来指的是盖章的颜色啊。

三份都盖好章之后，她把其中两份扎到一根生锈的长钉上，把最后一份连同找钱扔给我（一些硬币掉到地上），然后又埋头津津有味地读杂志。我说了句谢谢。不用说，这些店员和入境官员肯定是同一所礼仪学校毕业的。

保修——使用后失效

我原以为住在度假楼的外国人会感激我，结果一个美国学生抱怨："你的烤面包机是进口的，但这一台是中国制造的。耐用吗？不然你把你那台留下，把这台中国货带走吧？"

"不要紧！"我说。我指着包装盒："一年保修！"

一个星期后，这位学生到我们新入住的外宾招待所找我们。"你的烤面包机坏了。"烤面包机坏了，倒说它是"我的"了。我拖着脚步再次去东海百货。一群农民害怕地围在自动扶梯前止步不前，我费力挤开他们往电器柜台大步走去。我把收据和装在原包装盒中的烤面包机放在桌上，说："这才一个星期就坏了。"

店员面无表情，刺痛了我的心，我补充说道："这坏了。我一星期前来买，你们说如果在一年内坏了，东海会帮忙维修或者更换。"

他用怀疑的眼神打量盒子，说："但你已经用过了。"

"是的，我们当然用过了。就是这样才会坏的。所以请帮忙修好它，或者换一台。"

"我们没有这机器的零件。"

"那请换一台。"

"换不了了，因为你已经用过了。"

"我当然用过了。如果我没用过，它怎么会坏？这个精致的盒子上用中英文彩色字写着'一年保修'，东海给的收据上也是这么写的。"

"是的，但前提是商品未经使用。"他可能注意到我耳朵发红，急忙又说道："或许你应该找经理谈谈，他吃完午饭就回来。"

"现在才上午11点，他已经走了？"

"他有事要办，两点半回来。"

下午快4点，经理才慢悠悠地走进来。我又把情况说了一遍，他说："我们没法更换，因为你已经用过了。"

接下来的事情我已经不太记得了。我拖着脚步恍恍惚惚地回到度假楼，把坏掉的烤面包机扔在过道的桌子上。有一个外国人欢快地问我烤面包机是不是修好了，我像海德先生①那样发出不耐烦的喷喷声。他赶紧溜之大吉。

---

① 海德先生：《化身博士》中的反派人物，杰克医生服用药剂，以便在晚上化身成邪恶的海德先生四处作恶。

厦门大学度假楼
1988年9月至1989年1月

　　几天之后，一个勇猛无畏的外国学生决定再去一次，数小时后扛回了一台新的烤面包机。他不无骄傲地告诉我和其他所有人："只需要尊重这里的文化就行，耐心创造奇迹。"但一个月后我的遭遇重演了。

　　新换的那台烤面包机刚巧用一个月整就坏了。我们的"耐心模范"又一次去东海百货，经理斩钉截铁地告诉他："保修是针对原来那台烤面包机的，更换后的不保修。"

　　我给住在度假楼里的伙伴们送了一张精美的小卡片，上面写了一个词："耐心"。

　　信写到这儿收尾吧，免得耗光你的耐心！

　　爱你们的，

比尔和苏
1988年12月20日

老潘有话说

　　到了1990年代中期，中国商店的客户服务有所改善。时至今日，那家百货商店的许多老员工还记得我们，过往趣事成为大家的笑料。由于种种原因，他们当年的日子也不比我们好过。如今，厦门有6家沃尔玛购物广场、1家山姆会员商店、多家法国的家乐福、1家德国的麦德龙，还有6家大型购物商场。我们能够买到过去极度渴求的所有外国食品和产品——尽管现如今我们基本只吃中国食物了。

9 半边天

亲爱的爸爸妈妈：

我们"生活无忧"了！嗯，也不完全是——不过我们家里有保姆了……

尽管中国的生活节奏与洛杉矶相比慢得像蜗牛爬似的，但我们几乎没有一点空闲时间，因为处理日常杂务常常就要花一整天时间——直到我们请了一位保姆。

"保姆"常被译成"nanny"或"housekeeper"，但任何一个英文单词都无法囊括"保姆"的全部职责。不论贫富，家家户户都少不了保姆。一个家庭里没有聘用保姆，那这家的女主人，或是她丈夫，便不得不每天早晨在菜市场讨价还价，哪怕买一颗洋葱、一根胡萝卜、一棵卷心菜、一块豆腐都是如此。菜摊贩们用的竹秤在中国已经沿用了5000年，他们会指着秤上神秘莫测的刻度说秤上的4颗鸡蛋差不多1斤半。讨价还价后回到家，得洗菜、切菜、煮菜，最后还得清理干净。

难怪，就算是贫寒的大学教授，请保姆都是头等大事。

我和苏应付不了一边学中文，一边带两个还在蹒跚学步的小孩，还要料理家务。所以，我们听从中国人的建议，请了一位保姆。第一个试用的保姆是一位上了年纪的妇女，她一进门就惹怒了我妻子。她会迅速地指出苏珊在做饭、清洁、学习、带小孩等各方面的错误。她甚至还提

厦门大学度假楼
1988年9月至1989年1月

了几句女人应当怎样对自己的丈夫说话（我喜欢这部分）。苏立马让她打包走人（而且仍旧像多年来那样对我说话）。

然后我们试用了几个学生——不是当保姆，只是负责照看小孩几个小时，让我们可以专心学习。小红和梅勒妮乐观开朗——对自己成为大学生兴奋不已，对中国的未来感到激动。然而，她们花在阅读英文书和看电视的时间比照看小孩的时间还多。后来，纪教授（如今是中央电视台著名的"大胡子叔叔"）的建议解救了我们的困境："不妨考虑请一个农村来的保姆吧？她们老实、勤劳、可靠，还便宜。"

"便宜"一下子打动了我的心。第二天，纪教授介绍了大学厨师的妻子李西过来。不曾料想，这个执拗、沉默寡言的人竟会和我们变得像家人一般亲。

乍一看，李西体形圆胖，在那时并不多见。最后我们发现，原来她在那个闷热潮湿的十月天，里外穿了4层衣物：在棉裤和长袖汗衫底下还有一条秋裤和一件条纹海军贴身内衣。外面穿了一套旧运动衣，最外面套了一件灰色毛衣，纽扣一直扣到脖子。她那双老式的军绿帆布鞋看起来像是跟随毛主席走过1934年的万里长征一样。

李西一直静静盯着自己的膝盖，她丈夫很清楚人们口耳相传"农村人老实肯干"，就不停地夸耀她的优点。有几次，我冲李西讲话，她透过厚而凌乱的刘海瞥了我一眼，又继续用长满老茧的手指扯着磨损的袖口。

"她会说话吗？"我问。

"不会说普通话，只会说闽南话。不过她脑子好使，告诉她要干什么活就行了。"

"她会做饭吗？"

"不会，不过我会教她。"

这个迟钝的幽灵像不会动似的——不管是脑子还是身体——但正当我快要结束面试时,她飞快地站了起来。她看到山农朝着走廊方向挪动,那边通向楼梯和外面的街道。李西老练地俯身一把把山农抱到怀里,满脸通红,在远离门口的位置把山农放下来,然后重新坐到凳子上,额头上依然是习惯性的皱眉,继续扯着她那磨损的袖口。

我能看到她丈夫脑袋里灵光一闪,"而且,她很会带孩子!"

仅凭这一点就够了,苏当场决定雇佣她——而我,很快就后悔了。

如果要俘虏男人的心便要抓住他的胃,那李西现在应该是个嫁不出去的老姑娘了。与其说她是在做饭,不如说她是在炼丹,她能把一条肉质鲜美的鱼转眼变成一片厚厚的木炭。新鲜蔬菜扔进油里浸洗再用盐腌制,变成一团烂糊。我们甚至没法抱怨。她的普通话比我们还差,也不识字。连手势沟通都失败了——虽然她精晓肢体语言。我一皱眉,她便瑟缩起来。我原本也准备让她打包走人,不过她那绝望的模样平息了我的怒气——不管她凑出什么菜式,我们都强迫自己咽下去。

尽管她同我和苏处于沟通无门的状态,同孩子们却颇有心灵感应——尤其是对马修,她从早到晚都背着不离身。之后我们才了解到,她自己生育了4个孩子,后来求着医生给她做了结扎手术。对她的经历了解得越多,我们对她越是钦佩。

> 马克·吐温写道:
> "根本没有无趣乏味的生命。不可能存在无趣乏味的生命,最枯燥无聊的躯壳之下也有一出剧,或喜剧或悲剧。"

马克·吐温的言外之意想必是指李西,无产阶级的朴素外表并不能

厦门大学度假楼
1988年9月至1989年1月

准确地反映她的内在。李西儿时被卖到别人家，婚后在田间辛苦劳作，一手带大4个孩子。她信奉基督后，她那虔诚的佛教徒家人便把她从家里赶出来。于是，她跋山涉水来到厦门，靠壮实的臂膀一担担地挑花岗岩谋生，整整两年。然后，她成了我们壮实的保姆，肩背手抱地照顾几岁大的黄头发小孩，估计比她挑花岗岩还要辛苦。

李西再次发挥她死硬派的执着精神来学做饭，学说普通话，学认汉字。她学认汉字的方法很简单，就是在每个星期天早晨，新街礼拜堂（中国最老的教堂）牧师朗读圣经时，她捧着自己那本圣经跟着念。她基本上记住了每一首厦门赞美诗。

作为大学教授，学中文的速度居然不及这个农村妇女——而且她从未受过教育，我甚是惭愧。多年后，我的普通话水平赶上她了，她告诉我，她小时候曾梦想着读书识字，但买下她的那家人认为女孩子只需要种田干活和生儿育女，让女孩子上学不过是浪费钱罢了。10岁时，她用偷偷挣的几毛钱买了纸和一支铅笔，晚上躲起来借着月光抄写汉字。家人逮到她，不由分说地把得来不易的纸和铅笔踩烂扔掉。那便是她所接受的全部教育。

李西不仅自学识字，还自学烹煮中西菜式。她观察苏和我们的中国邻居做饭，没多久便能炒出可口的中式菜肴（连中国人都来打听她的烹饪配方），还能烹调西式的比萨、三明治、汉堡和炸薯条、爱尔兰炖肉，甚至还独创了中西合璧的菜式。

毛主席曾说"妇女能顶半边天"，这是低估了中国妇女。中国的妇女，即使因为缺乏教育而双手受到束缚，也能顶起大半边天。

我觉得我们家的保姆李西本可以成为企业家，但她到目前为止都选择留在我们家，我们非常感激。

谢谢你，阿姨！

有空时多来信吧。我们的信箱都长蜘蛛网了。

比尔和苏

1988 年 10 月 18 日

老潘有话说

　　这封信的许多内容发表在《中国妇女》杂志 1995 年刊登的一篇文章中。我们来到厦门两个月后李西便开始与我们相伴，她的故事理应在本书中占一席之地。若没有她，我们不可能顺利生活至今。

　　李西在我们家两年后，我们把她的 4 个孩子也接来厦门，协助他们接受教育。后来，她的大儿子从事计算机行业，一个女儿经营着一家小店。李西省下一部分微薄的薪水，用于帮助在厦门和家乡安溪比她更穷困的人。令我惊讶的是，她甚至还帮助那些曾刻薄对待她的家人。

厦门大学度假楼
1988 年 9 月至 1989 年 1 月

❿ 旅馆客房服务

亲爱的米奇、珍妮特：

  我们在厦门的头一个月差点蹬腿儿咽气了，不过就算蹬腿儿也要蹬翻佣人打扫用的水桶。请听我娓娓道来……

  学校竭尽全力让我们住得舒适，提供了各种各样的服务，但有时又过于贴心了。到最后，同住在度假楼的外国人联合签了一份请愿书婉拒佣人每天"清洁"我们的房间。"让我们自己打扫房间吧。"我们恳求道。

  工作人员反驳我们："这是规定！清洁是第一位——而且佣人很勤劳尽责。"她太勤劳尽责了。从早到晚不停进出我们的房间。最后，我们往房间洒满煤酚皂溶液（一种消毒剂），对房间的每一寸都使劲擦洗消毒。几位主管大驾光临来检查，勉为其难地同意我们各自打扫自己的房间——不过佣人要经常来检查。她确实经常来检查。

  那位佣人对待工作毫不马虎。她不提前打招呼便突然出现，一天好几次突击检查卫生，检查马桶、清空垃圾袋、灌满热水壶、检查灯泡、察看蚊帐有没有破洞等等。不管我们多少次轻轻关紧门来保留隐私空间，她都会猛地推门进来。如果我们上锁，她会用力敲门，大声喊说要进来检查。最后，我们不得不放弃抵抗，就让门敞开着。然而，比那位佣人更可怕的是灭虫工人。

  灭虫工人是一个身材瘦小的男人，身穿蓝色棉制服，头戴制服帽。

他戴着白色医用口罩，背着绿色塑料箱，里头传出有害化学液体晃荡的声音。他活像《捉鬼特工队》里的捉鬼英雄，整天追着史莱姆（身体结构多样化，以黏菌为原型的怪物）跑。他也十分尽职尽责，跟那位佣人一样。

他一点儿也不像那个时代坐享铁饭碗的人那般游手好闲，不会只是随便喷洒一点做做样子。他背负着终生的使命，毅然决然要消灭度假楼里的每一只外来的蚜虫、跳蚤、蜈蚣、蟑螂，或者至少对它们进行基因改造。手握万能钥匙，他迈着坚定的步伐，一声招呼都不打直接进入每间房间。他猛烈地挥动喷嘴，墙壁、地板、床铺、食物、玩具、书、衣物都被喷得湿答答的。

我们告诉管理人员："我们不需要灭虫工人。这里并没有蟑螂，因为我们的房间都很干净。"

"这是规定。"他们像念经一样抛出这句话。

所以我们设置了瞭望员制度——一旦有人看到那个背着黏液机器的绿箱妖魔便立即通风报信，我们好赶紧遮盖食物、小孩的玩具，同时捂上口鼻。幸好，我们通常老远就能闻到那股浓烈气味，没看到他的人也知道他要来了。其他入侵者不会如此大张旗鼓。

巨型老鼠怪物

新闻报道说全国消灭鼠患工作取得重大进展，不过厦门的老鼠可能没看报纸。厦门是港口城市，我敢肯定，厦门码头的老鼠一定是《忍者神龟》里变异老鼠武士斯普林特的原型。这些身上长满毛、满怀恶意的生物肆意潜伏在各处，不论谁胆敢挡了它们的道，它们都会用发红的双眼怒目相向。也有一只拜访过我们。

大概凌晨三点，苏叫醒我："比尔，我刚看到床底下有一只小老鼠。"

厦门大学度假楼
1988年9月至1989年1月

我哼哼着从床上爬起来，手中卷起一张纸——然后与一只加菲猫那么大的生物面对面。我把那张纸一扔，抓起扫帚，一口气从我们的房间追到狭小门厅厨房的角落，它消失得无影无踪，简直是地狱来的魔鬼老鼠。

我揉了揉眼睛，突然想道：老鼠会爬墙吗？刚抬眼一看，那只怪物就从天花板一跃而下，一副张牙舞爪的姿态。我尖叫着闪躲。毫发之差，这只巨型老鼠怪物没能扑到我身上，落到了地板上，顺着阴暗的楼道飞蹿而下。它跑了，却始终没离开我的脑海。

我爬回床上，灭了在蚊帐下乱钻的几只蚊子，安心入睡。然而梦境却很不让人安心，蚊子不停地飞，蜘蛛在墙上爬，蚂蚁和老鼠在地上窜，好些佣人拿着拖把气势汹汹，还有一个男子往我们的糖醋菜上洒杀虫药。

第二天早上，我加固了门窗框上的纸板封条和塑料封条。我知道这无法阻挡那些老鼠，但至少可以让我知道它们是否来过。

爱你们的，

比尔、苏、儿子们、蚊子、老鼠、蜈蚣……
1988年10月25日

11

厦门用车交通

亲爱的本特利、吉兰：

我们在厦门问候好莱坞的各位！我们有车了！

在节奏快的洛杉矶生活了7年，来到中国的最大冲击之一是这里没有车。完全不见私人轿车，出租车少之又少，只有3条公交线路：1路从厦大到火车站；2路从厦大到厦门港；3路从厦门港到火车站。不过，3路公交已足够，因为没什么地方可去，苏也减少了购物，因为实在没什么可买。

最便利的出行方式是搭乘三轮车。我用自行车载两个儿子，好几次险些出事故，于是决定买一辆三轮车自家用。可这花了一个多月时间才获得许可。

在一家国有自行车商店里，我把350元递给店员。"我想买那辆黑色车架的三轮车。"

"不行！（这句话太常听到了）外国人不能买营运车辆。"

"我不是用来做生意的，"我解释道，"我是厦大的学生，买来就是自家用的。"

"有些外国人拿着学生签证当借口在中国工作。"

"难道我每个月付300元给厦大，然后靠踩这个每个月赚20元吗？"

她眯起双眼，似乎迅速心算了一番。"你老婆呢？"

厦门大学度假楼
1988 年 9 月至 1989 年 1 月

"我老婆忙着带两个宝宝，一个才 8 个月大，另一个 2 岁，没空踩三轮车——我的两个儿子也不会踩三轮车来赚钱。"

"抱歉，不能向外国人出售营运车辆。"

我跑了 3 趟，还是没用。第 4 趟，也是最后 1 趟去碰碰运气，我刚好带着半岁大的马修。店员高兴地拍手逗他，拨弄他的金发，捏他胖乎乎的脸颊。"真可爱！"她接着说，"让我打几个电话。"几分钟后，她说："我们可是冒着挨批评的风险把那辆车卖给你。不过，你需要提供一封厦大盖章的函件，保证你不会用这辆车来赚钱。"

又花了 3 天才拿到盖章函件，因为我还得让厦大领导相信我不会去踩三轮车赚钱。我踩着崭新的三轮车上路，刚骑 100 米，就有一个和女朋友走在路上的年轻小伙冲我喊："去中山公园多少钱？"幸亏我没有借机赚钱发财，因为两个路口之后，那辆三轮车就散架了。

如果没彻底坏掉就拿去修

重新成为有车一族，感觉太妙了！很长时间以来都只能步行，甚至让我想念洛杉矶每周五傍晚的大堵车。从自行车店骑出 4 个路口，前轮便开始摇晃不稳，链条滑落。我停下车时，左踏板也掉落了。

说句公道话，店员曾提醒过我，在骑上路之前要找维修工检查一下。但是，谁会付钱检查一辆崭新的三轮车？——然而，她的建议是十分恰当的。

自行车修理工看了一眼我那辆惨不忍睹的三轮车，斥责我："骑之前就应该先送到这里来。"

"但是，这是全新的。"我争辩道。

"就因为是全新的才要来。"他说。我了解到，但凡买了新自行车就得先跑一趟修车铺，因为自行车工厂的首要任务是保证产量，而不是质量。他们把自行车零件组装起来，但螺丝拧得不紧，只能保证自行车在运往商店的途中不会散架。运离工厂之后会怎么样，那就是别人的事了。

那位上了年纪的自行车维修工把三轮车底朝天倒放着，把车轮上松了的辐条调紧，调整刹车，拧紧把手，调整车座，把全部螺丝螺母统统拧紧，调紧踏板，固定好链条，收了我七毛钱修理费——按当地标准来说算昂贵，但非常值得。我付清修理费之后再次骑车上路，昂首挺胸，陶醉在那些步行凡人的注视和欢呼声里。我飞快地从一对年轻夫妇身边驶过，那男的问他妻子："你觉得那个外国人收多少钱？"

没过多久，我便巴不得每次载苏珊·玛丽时都跟她收钱。我在车架上搭了一个自制的木车厢，如此一来三轮车净重将近90斤。载着一家四口，我得使劲儿踩，拉动超过450斤的重量——而且苏经常差遣我跑遍厦门岛去找各式各样的"珍宝"，比如地板蜡、黄油等等。我瘦了整整9斤。

我们听说厦门信达——湖里经济特区的免税商店售卖蛋黄酱。尽管自行车来回要3小时，但我还是去了。结果被他们骗了，根本没有蛋黄酱——不过我们惊喜地买到了金枪鱼，这让其他外国人全都兴冲冲地骑着自己的自行车飞奔去买。

向家人传达我们的爱，

比尔和苏
1988年11月1日

厦门大学度假楼
1988年9月至1989年1月

12
油漆店里的"香草"

亲爱的约翰和康妮：

我们喜欢中餐，但是，我们刚到厦门的时候，却非常渴望奶酪、蛋黄酱、意大利和墨西哥调料等等简单的食材。我们在美国的朋友米奇和简.B.给我们邮寄了一些奶酪，让我们感觉仿佛置身天堂。

我也很怀念好吃的面包。我和我父亲都喜欢烘面包，我小时候只在度假时吃过大米布丁里的大米。刚到厦门那段期间，我使劲喂自己米饭，就像往感恩节火鸡肚子里塞填米饭一样，但仍然觉得饥肠辘辘。但是现在，我不吃米饭就会觉得饿。这让我想起我念研究生时一位来自印度的朋友乔治.M.巴利尔，他曾经向我抱怨："食堂里没什么可吃的。"

"当然有了，"我说道，"食堂里有牛肉、猪肉、鸡肉、蔬菜、面包和甜点。你觉得还缺什么吗？"

"但是没有米饭。"他说。

虽然我逐渐喜欢上了中餐，但是我们仍然对西餐美食充满了渴望，一有时间就四处寻找香草、肉桂和肉豆蔻。最后，我去一家中药店找。因为我先前早已意识到，中国人把所有能吃的东西都当食物，实在不能吃的东西，就当作药物，最终还是咽到肚子里。在厦门的药店肯定能找到其他地方找不到的东西。厦门是苏颂[①]的故乡，苏颂多才多艺，不仅发明了世界上第一座天文钟（比欧洲早600年），而且还编写了《本草图经》。如果中国超过5000种的草药都不包括肉桂、肉豆蔻和香草，那我可要把苏颂从我的中国伟人名录中删除了。

厦门的中药店古色古香，就如同我在19世纪照片中看到的一样，从天花板到地板，一墙又一墙的全是深棕色木抽屉，所有想得到的、想不到的药材都放在这些抽屉里。我在柜台前边等边看药店店员为一位瘦小的老奶奶配药，他们铺一张牛皮纸，把甲虫干、蝎子干、树皮、草屑等一味味药材堆放在牛皮纸上，再撒上一些籽和些许白色粉末。

药店店员们都很有礼貌，也很专业，似乎不假思索地便能鉴别每一味药材，并知道它们的功效。看着他们耐心地向老奶奶讲解如何煎药、滤除药渣，叮嘱她每天要服用几次，我感到很吃惊。这和东海大厦百货商店里面充满"敌意"的收银员形成了鲜明的对比。（后来我才知道他们的敌意完全是出于挫败感。到了1990年代中期，药店店员已经和药剂师一样专业了。当然，部分原因是他们不得不与沃尔玛等外资企业竞争）轮到我的时候，我递给他们一张纸条，上面是我花了九牛二虎之力写下的汉字：肉豆蔻、肉桂和香草。"你们这里有这些东西吗？"

店员们都笑了："我们有前面两种，你是哪里不舒服？"

"我们没有生病，我们做饭用的"。店员呆呆地看着我，然后和她的同事耳语了一阵，她的同事耸耸肩膀说道："外国人。"

我买到了肉豆蔻和肉桂，但不是我们在美国时常见的粉末状。肉桂呈条状——或者更像是板状。我都可以用它来做一把椅子了。我不得不

[①] 苏颂：（1020年—1101年）字子容，泉州同安（今厦门）人。北宋中期宰相，是宋朝著名的天文学家，药物学家。

厦门大学度假楼
1988年9月至1989年1月

用一把木工刨刀将它们削成薄片——天啊，这味道太香了！整个度假楼都飘散着浓郁的肉桂香味。让我吃惊的是，肉豆蔻实际上是坚果。我以前一直以为，肉豆蔻从发芽的时候开始就是粉末状的，外面还罩着一个随它们一起长大的玻璃杯。为了用它们来煮菜，我不得不花大量的时间把它们碾碎，但是和肉桂一样，这香味值得我花这些功夫。我以前被惯坏了——现在已经没有整瓶或整包的粉末香料了！

"但是香草呢？"我问道。

"不好意思，不知道哦"。

我知道厦门一定有香草，因为中国的面包房有出售香草口味的产品。所以我拿着一本字典到处问面包师傅们哪里可以买到香草。我一直认为我有语言天赋（我读硕士时的研究方向就是语言学），但是他们似乎都在说"油漆店"。我觉得这个肯定是南方口音的问题。南方人会发错普通话的音，声调也会出错。最终，我请教了一位会讲英语的中国教授。他翻了翻白眼，似乎答案很明显。"当然了，是油漆店"。

"你在开玩笑吧！油漆店里的香草？"

"为什么没有呢？"他说道，"香草是一种化学品，和油漆一样的。不然你要去哪里买香草？"

我怀疑他闻到的化学品比香草还要多，但我还是拖着沉重的步伐去了油漆店。虽然觉得问题有点傻，但是我还是问道："你们这里有香草吗？"

"当然有，在架子上"。毫无疑问——整个架子上都是孔雀牌香草！

"涂料店真的卖香草！"我说道。

"当然了"，他说，"不然你要去哪里买香草？"

我当时仍然不敢相信中国人会在油漆店里卖香草。也许那只是香草味的油漆，他们在愚弄我？在离开油漆店之前，我打开瓶子。这味道和马达加斯加、墨西哥的香草完全一样！它还很浓烈——可以燃烧。怀着疑惑的心情，我点燃了一根火柴靠近一小勺香草，"噗"的一下，香草消失在火焰里了！可能里面有 90% 的酒精，这意味着我可以把它用作药物来服用。如果中文课真的让我烦心了，我也许可以吃点公鸡牌香草发泄一下。

畅销食品的快速变化

慢慢地，商店出售的商品越来越丰富多样了——用现金就可以购买，无须配给票。但我们意识到，遇上我们真心喜欢的东西，就赶紧买一两箱回去，因为以后就再也买不到了。商品不是按照市场行情而是按照配额来入库的。受欢迎的产品一旦上架销售，一夜之间就会被抢光，留在架子上的都是没人要的产品。

整整 3 个月，每一家店都提供源源不断的优质西红柿。"如果有意大利面就好了。"苏说。中国面条和意大利面不大一样。有次去香港，我们买了好几斤意大利面，回到厦门才发现找不到卖意大利面酱的商店。可可粉和葡萄干也不见了。每家商店里原本摆放可可粉和葡萄干的地方，现在摆着一排排的熟鹅肉罐头和豌豆罐头。也就一个月前，住在帕萨迪纳[①]的朋友阿拉和帕蒂斯托克斯给我们寄过来了一大罐豌豆，令我们感到惊喜。邮费花了他们一大笔钱可这钱没白花。可能一个月后豌豆就消失了，变成了玉米罐头或闻名海内外的"王家蜜汁木耳"。

鹅肉罐头很好吃，但是整个罐子里都是又小又尖的鹅骨头。看起来就像他们把整只鹅塞到绞肉机里加工，然后煮熟罐装。太多鹅骨头卡在我的喉咙里，让我觉得吃鹅肉罐头就是自找麻烦。而且，当地市场上有卖新鲜全鹅，价格和半斤罐装炖鹅肉差不多。我猜中国人也发现了这个问题，因为在最初的热销过后，这些鹅肉罐头便不再脱销。

---

① 帕萨迪纳：位于美国加州洛杉矶东面的一座卫星城。

厦门大学度假楼
1988 年 9 月至 1989 年 1 月

太冷了不适合吃冰淇淋

初到厦门的两个月里，全厦门的商店都在出售"白雪牌"冰淇淋（我觉得这名字比"黄雪牌"冰淇淋更好）。因为是中国人发明了冰淇淋，所以我觉得质量会更好。但是这种冰淇淋确实冰爽可口，我们一周都要为它挥霍三四次。然而像是安排好了一样，"白雪牌"冰淇淋从厦门的各家商店突然消失了，每个店员的回答都是一样，就好像他们都在背诵《冰淇淋红宝书》的内容——"冬天来了。这么冷的天，没人吃冰淇淋的。"

"现在还有 32 度呢！"我争辩道，"而且我们一年到头都会吃冰淇淋。"

"中国可不这样"他们说，"冷天吃冰淇淋对身体不好。工厂停产了，要等明年。"

他们可能改行卖烧鹅了。

爱你们的，

比尔和苏
1988 年 11 月 7 日

老潘有话说

1992 年冬天，我们去了一趟北京，看到北京人在结冰湖面上滑冰的时候都吃冰淇淋。当时"长城牌"冰淇淋很畅销，全年都有卖——这证明了厦门人在冬天不吃冰淇淋不是为健康着想，而是因为没有人卖冰淇淋。如今，不论你想要什么东西，厦门全年都能买到。

13
邮政周旋记

亲爱的凯西、布鲁斯：

抵达厦门后不到1个月，我们便开始收到亲友的来信，询问我们在中国的生活情况。我凌晨四点起床完成中文作业、上课，还要处理各种日常琐事，根本赶不及一一给大伙写回信，所以决定开始写《我不见外》（*Off the Wall*）简报。不过，希望你们收到的信件会比我收到你们的要完好一些。我们收到的信大部分都被撕开过，而后用胶带或订书机重新封上封口，有时候甚至是用一团米胶来封，结果信封和信粘在一起了。最后，我学会用水蒸气来拆信。

我并不责怪他们拆阅我们的信件。我敢肯定，美国也会拆阅从中国寄来的信件——对待像我这样的前特工更是如此。但有些信封甚至没有重新封口，收到时里面空空如也，却盖着红色印戳"收到时即为此状"（Received This Condition）或者"误寄至马尼拉"。我去投诉，但邮局的工作人员却把责任推给美国邮局。无奈之下，我只能略施小计。我不知道审查人员是抽查浏览部分信件还是细读每一封信，所以我给几个朋友都寄了相同的信。其中部分内容如下：

"我并不怪中国拆阅从美国寄来的信件。我肯定美国也会拆阅寄往中国的信件。但是，我希望他们读完信之后能重新封好。屡屡收到空信封，还盖着'收到时即为此状'的印戳，很是厌烦。更何况印戳上这句

厦门大学度假楼
1988 年 9 月至 1989 年 1 月

话连语法都是错的。"

从那之后，大部分信件都用胶带或是订书机重新封好，甚至有人修正了不合语法规则的印戳文字。然而，收寄包裹仍是一大问题。

没有美乃滋

我们十分想念在美国轻而易举就能得到的东西——主要是奶酪、上等面包、咖啡、芥末酱和美乃滋蛋黄酱。在洛杉矶当消防员的埃尔文. M. 听说了这个情况，马上给我们邮寄了足足一加仑①的美乃滋。美乃滋本身的价值远不及他支付的运费，不过四升足够同整个度假楼的人一起享用了，我们 40 个人全都焦急地期盼这个包裹的到来，等啊等，始终没有消息。我也到邮局打听过几次，但得到的回复都是"没有美乃滋"。埃尔文写信来："收到美乃滋了吗？"我们回复："没有美乃滋。"说起来，在中国，"没有"这个词几乎和"不要紧"一样，也被普遍使用。

我们刚放弃对美乃滋的期盼，就收到邮局的通知，让我去领取包裹并缴纳罚款来清洁邮局地板。原来，他们早在一个月前就收到了包裹，还打开来检查，却没盖上盖子，任其搁在地上。在非冷藏条件下，美乃滋不到一天就变质。这样放了整整一个月后，美乃滋早已发臭，渗出塑料罐子，弄得整个地板黏糊糊的，活像五十年代科幻片里的怪物。或许是来自火星的美乃滋怪，领衔主演惊悚大片《发狂美乃滋之夜》。邮局现在倒说我得先付清洁费才能领走美乃滋。我委婉地拒绝了，并说他们可以直接留着美乃滋。可能他们试过物尽其用。但即使变质已一个月，它的味道也比不上中国的"臭豆腐"。

不久之后，我们收到一箱孩子们的教科书，但缺少了一本价值 20 美

---

① 加仑，英美制中重要的体积单位。一加仑约合约四升。

元的小学英语课本。我去投诉,邮局却说:"肯定是美国邮局的工作人员拿走了。"

我反驳道:"我们美国人说英语,不需要那本课本。肯定是你们的工作人员为了学英语就拿走了。"

"不是的,"他们说,"是美国邮局干的。听说他们聘用了很多移民,他们也全都想学英语。"

反击得漂亮!我笑了,她也笑了。问题是这家邮局里许多工作人员都是新入职的,基本没有接受过培训,但他们学得很快,服务水平也迅速提升。几个月后,我们成了好朋友——尽管各项邮政规定仍让我们头疼,也让他们头疼。

我想,中国的邮政规定是为了"打击"我们而专门制定的。譬如,寄往海外的信件地址格式跟我们家乡的一样,左上方是寄件人地址,右下方是收件人地址。但中国国内的格式却恰恰相反,收件人在左上方,寄件人则在右下方。如此颠倒,肯定是为了故意惹恼我们——就像他们把电话号码颠倒过来一样。美国紧急电话911,在中国却变成了119,而114则变成了411。这绝不可能是巧合。我敢肯定,在某个地方有一个部门,有个家伙坐在办公桌前想尽各种办法来扰乱外国人,把我们所习惯的一切事物颠倒过来。不过,至少他们和我们一样,车辆靠右行驶。(嗯,事实上,他们开起车来才不管靠左行驶还是靠右行驶,还把车开到路中间和人行道上,所以这一相同点要划掉。)

包裹比信件还要烦人。除了纸质信件,其他任何东西都必须经过邮局工作人员检查,再当着他们的面把物品放在布袋里缝好,或者放进木箱子里钉牢。凡要寄包裹,我都得把半家五金店搬去才行。

一位朋友要把一条丝绸领带寄到美国,邮局的人告诉他必须放在沉

厦门大学度假楼
1988年9月至1989年1月

重的木箱子中才能邮寄。"这样运费就太贵了！"他说，"用厚信封寄不行吗？这是布料，不会摔坏的。"

"这是规定！"（"规定"——第三大最常见用语，仅次于"不行"和"没有"）"我们必须保护好这条丝绸领带。你根本不知道这物品一从中国出境会受到怎样的对待，我们可担不起责任。"

爱你们的，

比尔和苏
1988年11月15日

老潘有话说

值得庆幸的是，如今中国的邮政服务在许多方面已经胜过我们的家乡。邮局一早开门营业，很晚才关门，一周七天不休——甚至节假日也不休。邮局的工作人员专业、有礼貌，非常乐于提供帮助。现在，他们一收到包裹或者看似很重要的信件就会马上打电话通知我。也许是因为他们还记得变质一个月的美乃滋散发出来的那股恶臭吧。

⑭ 厦门——美丽的海港

亲爱的大卫、康妮：

我们对厦门生活的喜爱之情与日俱增，而且我们的饮用水是来自不加盖的天台水塔，所以厦门的生物大概也在我们体内生长着。当一切习惯成自然时，我们终于懂得欣赏厦门这个古雅别致的海港小城的美——尤其是其东西方文化的融合，源远流长。

置身中山路两侧的街区或者鼓浪屿的任何一处，都仿佛回到了百年之前。放眼望去，19世纪20年代的宅第高高低低参差不齐地伫立在阴暗狭窄的小道两旁。由于路面太窄，撑开伞便无法通行，因此，19世纪的外国人称之为"伞宽小道"。厦门的建筑风格中西合璧，独具特色，融合了20年代颇为盛行的"装饰艺术"，形成别具一格的"厦门装饰"风格。

八百米开外便是世界上条件最优越的天然良港之一，古朴的戎克船①优雅地从几十艘现代货船和游艇旁划过。木制的舢板②像软木塞一般漂浮在水面上，船上的渔夫运用沿袭百年的技术拖拽起刚刚捕获的水产。厦门与金门岛隔海相望，相距不到5公里，借助双筒望远镜便可清晰地看

---

① 戎克船，又称为中国帆船，是中国特有的帆船类型，相传始于公元前200年的汉朝，经过改良及演变后，至20世纪初仍然活跃于中国近海，多用于贸易及运载。

② 舢板，即平底小船。

到金门岛上巨大的宣传标语，能够看到士兵在防御森严的岛上巡逻。到了夜晚，偶尔还能听见金门传来的声音。

海峡两岸，人声喧闹

一个世纪以前，厦门的传教士麦嘉湖曾描述中国人喜爱喧闹。如今，现代科技发达了，中国人便喜欢上了扩音喇叭，用各种刺耳嘈杂的声音"招待"我们，从清晨6点晨练的号角一直到深夜停止广播为止，喇叭播放的内容时而烦人时而逗趣。上一分钟刚听完思想政治教育，忽地切换到器乐演奏版的《嘿，朱迪》，紧接着便开始播报打谷机或拖拉机的最新工厂配额，最后再以平·克劳斯贝的一曲《冬季仙境》收尾——除了在中国，还有何处能在7月份就放这首歌？

一天傍晚，厦门外事办带领我们参观了"典型"的渔民海滨住宅——3层楼的宽敞砖砌房屋（而我们住的房间就只有衣橱那么大）。但重复不停地儿童宣传口号吵得不行，着实烦人。我对一位武警抱怨道："这样喧闹连你们的祖先都会被吵醒了吧。"

那位士兵抗议："不是我们吵，是他们！"然后指着海港对面的金门岛，山坡上各种巨大的扩音器赫然入目。

台湾，不论是在地理位置或是亲缘关系上，都与大陆如此亲近（70%的台湾人祖籍在大陆），却是一个完全不同的世界。

大陆一家电影制片厂要拍摄一部电视剧，他们到厦门附近的一个小岛上取景。结束后，剧组经台北和香港，花了两天的时间回到厦门，才发现有一部分剧本遗留在那个小岛上。

"去一趟再回来又要花四天时间！"导演着急喊道。厦门的一位渔夫说："交给我吧。"当晚，他划着小渔船"嗖嗖"穿过海面，让一个台湾亲戚救急取来剧本，剧组第二天早上才又得以继续拍摄。

我们期盼能到台湾看看。这么近，又那么远。

致以我们的爱，

比尔一家
1988 年 11 月 20 日

老潘有话说

1988年，厦门的街道和建筑都裹上了一层从烧煤炭的炉灶中飘出的煤烟灰——也许我们的肺部也一样。但是，12年后，厦门却成为中国首个发布每日空气质量报告的城市，时至今日，这里已成为中国最干净城市之一。

如今，厦门岛如宝藏一般，深受中外友人的喜爱，厦大也理所当然地成为厦门这顶皇冠上的明珠——常常被评为中国最美大学，而且是中国唯一一所位于经济特区的重点大学。即使30年过去了，我们也从未对她感到厌倦。每天傍晚，我和苏会在芙蓉湖边散步遛狗，垂枝绿柳、亭台楼阁、中西合璧的嘉庚建筑楼群倒映在湖面上，美不胜收。

厦门大学度假楼
1988年9月至1989年1月

15

过节好滋味

亲爱的斯蒂芬、比阿特丽斯:

也请代为问候你们住在阳光明媚的南加州的家人!

作为美籍华人,你们应该也了解,中国朋友对西方风俗满怀好奇,所以,苏花了两天时间烘焙各种形状(耶稣降生图、星星、天使、铃铛等)的精致饼干。她在饼干表面淋上圣诞色彩的糖浆,再放入她手工制作的小巧"圣诞节礼篮"中,送给朋友。我们还对客厅稍加布置,买来一株小型餐桌圣诞树。这株圣诞树外观精美,怎知插上电源后却烧着了。

我们迎接圣诞节之举不仅引起了度假楼佣人、工作人员和保安的注意,还吸引了学校领导和当地媒体的目光。我从学校回到家,发现有一批电视台工作人员正在拍摄我们的装饰布置,要用在一部介绍外国人在中国的生活的纪录片中。当电视台工作人员拍摄外国人家庭吃一顿"正宗美国餐"时,我们试着表现得若无其事。我不确定有多少正宗美国人会用筷子吃米饭和炸鱼——可怜的炸鱼头,躺在盘子上目不转睛地盯着我们……

但那只是午餐。平安夜,我准备了我们家传统的平安夜比萨。我还没见过其他美国人在圣诞节吃比萨,但我们就喜欢这么做——尤其是在中国,有时难免想念家乡熟悉的食物啊。我想,就连《圣经》上也曾记载要在圣诞节吃比萨。天使说的可能是"Peace on Earth"(世间要有和平），不过，我确定他们指的是"Pizza on Earth"（世间要有比萨）——要么，"Piece (of pizza) on Earth"（世间要有块比萨）。

祝你们一家圣诞快乐，

比尔和苏
1988 年 12 月 27 日

老潘有话说

1988 年以来，我们参与拍摄的电视节目和纪录片已经有百来部，我还主持了四百多集不同的电视节目。但在 1988 年刚从美国来厦门的那个平安夜，我回到家，发现家中布满了电视摄影机，着实震惊……

在中国度过的第一个圣诞节，我们有许多值得庆祝的事。我十多年来渴望来中国学习中文的梦想，终于得以实现！我没想到，一学期后会选择中止原本为期两年的中文学习课程——但那显然是缘分使然。我没有完成两年的语言课程，却在三十年间以眼见耳闻、亲身体验的方式学习、感悟着中国的语言、文化和历史。

trical work. China literally has NO extension cords. To get one, one must buy the various plugs and receptacles (there are at least five different kinds of incompatible plugs used in our one building) and lengths of wire. Then, armed with screwdrivers, pliers and snips, Momma, Poppa and babies sit down to a nice evening, working together on/in one ac-cord.

NOW WE'RE COOKING! We can cook at home, but we have only two burners to be used by over 60 people. It becomes quite crowded around mealtimes. The first floor is almost entirely Japanese students of Chinese, and they cook almost all meals. Our floor is mostly Americans and we cook often too. We have four families with children on our floor--so it gets noisy too!

Xiamen University did buy an electric induction cooker for us, but it will work only with steel pots and pans. The problem is the pots and pans we have bought here are aluminum. Personally, I think a $2.00 hotplate from China would have been more useful than a $100 induction cooker--but perhaps it has advantages of which I am not yet aware.

For our floor, about 25-28 people, we have one fridge, about 14 cubic feet I think. However, F.O.C. in H.K., I hear, is sending us a second one! So, though two small fridges is still not much for so many people, it will be adequate, considering we have made it on one so far!

WATER, WATER Everywhere, and Not a Drop to Drink! Those lines are from the "Rhyme of the Ancient Mariner," and are appropo here. As in the rest of Asia (and as I remember, Mexico, the Middle East and much of Europe), one cannot drink tap water, or use it without boiling it. Yet our water, from one tap, even when boiled is still a greenish grayish color; so even when safely boiled it is not appealing. I believe our water in our rooms is filtered somewhat, for it is clearer.

It is most frustrating, however, when we go out, because drinking water is unavailable--so the alternative is to purchase the relatively inexpensive, and highly sugared, sodas, or the expensive, alka seltzery mineral waters. I prefer nothing to those alternatives, but on long outings it is not easy. MIRACULOUSLY, DIET Coke is now available in some places, but it is 4 times the cost of regular--so I don't indulge often!

GONE TO POT! Those of you who know me well know I have often made a small office in a walk-in closet. Well, we don't have such closets here, so I have made a bathroom into an office! There is just room to fit a desk beside the toilet, and I am sitting here now typing away as the bucket to my right catches the drips from the shower overhead! Sue remarked that it is written, "Enter into your closet," and I do. I enter my water closet, or W.C. daily!

The advantage of working here is I don't have to leave for ANYTHING! And during those frequent bouts with intestinal matters, I can work while I wait upon the throne. It does take intestinal fortitude to do both simultaneously, but my work is moving right along!

We've got WHEELS! Private autos are not permitted in China, but we have the next best thing--a Chinese bicycle with a sidecar! The wooden sidecar, with its brown vinyl convertible

中国首开 MBA 专业

早安，中国！

发薪日

中国新年，繁荣昌盛

Chapter 3

第三章

MBA 项目与
厦大外国专家招待所

1989年1月至1990年3月

16

中国首开 MBA 专业!

敬爱的米奇叔叔、珍妮特:

你们也知道,长期以来,我一直渴望来中国大陆学两年中文,但对毕业后的去向却毫无头绪。1985 年,我们的中文老师说:"中国想要发展经济。商科博士学位在中国会大有用处。"我之前在商科方面表现不错,而且也没更好的主意了,便听取了他的建议,把公司卖给您之后就动身前来中国。

刚抵达厦大,我便开始打听修完中文课程后教授商科课程的事,厦大的领导却说:"中国只聘请教英语的外国专家。对于其他学科领域,我们国家有自己的专家。"

有几位所谓的"中国通"(比我更有经验的外国人——当时所有外国人都比我有经验)对我说:"你之前读商科学位无非是浪费时间。中国只聘用教英语的教师。你最好回美国拿一个英语教学的学位。"

"没门!"我回应,"我已经破釜沉舟了。我就先念完两年课程,之后再看情况吧。"

1988 年 11 月,我听说厦大开设了中国首个工商管理硕士(MBA)专业,对此颇为惊讶。他们终究还是聘请了一位外籍教师——不过,只需要一位。当时,我并不担心,毕竟我还要修读两年中文课程。但到了 12 月,我开始对自己学普通话的缓慢进度感到气馁。甚至在离开美国之前,就有更多"专家"告诉我说,我都已经 32 岁了,要学习一门新的语言为时已晚,应该留在家乡。这可真是非常鼓舞人心。我不理会他们的话,决

MBA 项目与厦大外国专家招待所
1989年1月至1990年3月

心继续追求自己的梦想。在厦大,与我一起上课的同学比我年轻10岁,但我不落人后,每天熟记15到20个汉字。不过,和全世界任何地方的第二外语课程一样,我们的课程偏重读和写,而非口语。就连阅读材料都不太具有实用性。用中文谈论法国代表团试图进入英国大使馆,这种机会有多少?

作为对课堂学习的补充,我会跟遇到的每一位中国人练习讲中文,包括佣人保姆、修鞋匠、白铁匠、自行车修理工、南普陀寺的和尚、中国教会的教友(我们颇为惊喜地了解到,厦门拥有中国最古老的新教教堂——但圣歌是用厦门方言吟诵的,而不是用普通话)。

我还购买了中文儿童漫画书。图画很有趣,但结果证明,连儿童读物中的中文都难以理解。要读懂五岁儿童漫画《米奇和米妮》都如此艰难,实在令我沮丧不已。

中文学习以及度假楼里的生活状况(对只身入住的学生而言条件不错,但对一家四口而言并非如此)越发令我灰心丧气,我开始思索,是否应该试着找一份工作,只在空闲时学中文。我很擅长语言学习,也足够自律。另外,如果我教书,便是他们付钱给我,而不是我付钱给他们。当然,问题在于中国不聘请商科教师,而我又不想教英语。但是,缘分再次悄悄降临。

不知为何,管理学院唯一的外籍商科教师突然收拾行装回了美国。他还没踏出门,院长刘鹏就敲响了我们的门。"您愿意教授商科课程吗?我们会付您工资,您还可以自学中文——我们还会为给您提供更好的住房。"

"让我考虑一下。"整整10秒深思熟虑之后,我说:"好!"

对我而言,这真是个奇迹:天时与地利。出乎意料的是,那些曾经劝我回美国攻读英语学位的"专家",如今却竭力反对:"你不应该这么轻易就放弃学习中文的目标!两年后,还会有其他工作!"

"告诉我说不会有当商科教师的机会,让我回去读英语教学学位的,不也是你们吗！"

我很庆幸自己没有听那些"专家"的指点。虽然他们懂的比我多，但没人真正了解中国——连中国人自己都不了解。在我看来，倘若中国决心发展经济，那么商科必定是基础，因此，就必定需要国际商务教育，这才合乎情理。

我同意讲授"组织行为学"和"商业规划"课程，并同意随后增加讲授"微观宏观经济学"、"比较管理学"和"商务英语"课程。原先的教师把他手上的一些"组织行为学"材料给了我，但我没有与"商业规划"相关的任何教材。这时候，缘分又一次降临。答应授课的几天后，我认识了一位来自加拿大纽芬兰纪念大学的访问教授，她说："真是太巧了！我明天就走了，不过我的研究方向是商业规划。"她给了我一些文字材料、笔记和投影幻灯片。"这些内容你尽管用。"一门现成的课程啊！

新手外籍教师

得到一份讲授工商管理课程的工作让我欣喜得飘飘然，但商谈薪资时我被拉回了现实。院长事先带我参观了外国专家招待所以及单身教师（没有带家眷的教师）的三居室套间。但我刚答应授课，院长就告诉我："三居室套间只提供给外国专家，您不能算是，因为您教的不是英语。"

"但是我之后也会教授商务英语。"我争辩道。

"但是您的博士学位是工商管理，不是英语。哪怕拥有英语本科学位，也可能算是外国专家，但是您讲授的是其他学科，只能算作讲师，就只能住一居室。"

"您带我们参观了三居室套间，说会改善我们的居住条件。一家四口从两居室搬到一居室，完全谈不上改善！"

院长面带微笑说："其实，有一个办法能拿到三居室套间。您用一部分薪水来租这套大的。"

MBA 项目与厦大外国专家招待所
1989 年 1 月至 1990 年 3 月

"要用多少薪水？"

"一半，"他说，"但您每个月到手的仍有 90 美元左右。"

"所以要教商科课程，我非但领取的是最低工资，还要用其中的一半来付租金？"

"是的，"院长说，"但您想想，这可是帮助中国的好机会！"

出于原则，我几乎要拒绝了，但接着又在心里稍稍盘算了下。"好吧，我接受。"我说。但我不想让他以为我很好说话或者天真幼稚，于是解释了我的想法："我觉得这样并不公平，但我能省下学费。"

院长面露笑容，说道："每月还要付伙食费。住处没有厨房设备，也不允许在房间里煮食物——这是安全规定。所以您每月需付四个人的伙食费才能在教工食堂用餐。"

"四个人？一个才八个月大，一个才两岁。"

"跟年龄没关系，是按人头来算的。"

"好吧——那这需要多少钱？"

院长犹豫着，咽了一下口水，说："每个月 180 美元左右。"

"伙食费是我剩下工资的两倍？"我差点转身就走。我强迫自己保持冷静，又盘算了一番。即便是这样，与支付学费相比，还是划算的。虽是如此，但还是令人无法忍受。"很抱歉，我想我还是继续学中文吧，以后再找另外的工作。"

"但您说过您想要这份工作！"

"是的，但我不知道你会拿走我一半的薪水付房租，收的伙食费是我剩余薪水的两倍。假如我这么傻，答应这样的待遇条件，你会放心请我教商科课程吗？"

"或许您可以先考虑考虑？"

"我已经考虑了起码两分钟，已经够长了。"

正当我起身准备离开时，院长说道："或许我们可以在伙食费方面想想办法——拿到减免权，这样您就不用支付教工伙食费，怎么样？"

啊哈！我开始询问我们能不能在阳台做饭，不过我早就猜到了答案。"不行！这是规定。"我想起了《墨菲定律》第二册里的一句话："获得原谅比获得许可容易。"

"如果不用支付教工伙食计划的费用，那我接受。"

院长微笑着，衷心与我握手。他说："您不会后悔的。"

向您一家传达我们的爱，

比尔和苏
1989 年 1 月 23 日

老潘有话说

刘院长说对了。即使每个月 90 美元的工资几乎就只有我在美国开公司时收入的百分之一，但我未曾后悔做出这个选择。回想起来，这是我人生中最值得的一笔交易，而且一年后，我甚至要求厦大降低我的工资。听起来有些疯狂？也许吧，但稍后我会解释这一疯狂举动背后的缘由。

其他外国人，尤其是"专家"们，主张我应该"伸张自己的权益"，但在过去的 29 年期间，我从未协商签订新的合同。我接受厦大为我提供的一切，甚至在最初几年完全没有签订合同。但这么多年来，厦大比我预料的慷慨多了。而且，我不是个例。

几年后，在研究厦门地区悠久的历史和文化时，我才开始了解厦门人心中这种公平和慷慨观念的根源。

MBA 项目与厦大外国专家招待所
1989 年 1 月至 1990 年 3 月

17

早安，中国！

亲爱的约翰、格温：

早上好，我刚准备开始工作，但当地人已经忙活好几个小时了。

对于厦门人来说，及时行乐（活在当下，把握今天）不只是一句口号，而是一种生活方式。即使是八十多岁的退休老教授也在黎明时分就起床，穿着睡衣练太极拳来补气。

天空才刚透过稀疏的云层泛出鱼肚白，厦大校园里早已活跃着一群忙碌的身影，他们珍惜今日，不愿被时间奴役。最早出门的是清洁工人，他们头戴斗笠，脸罩面纱（看上去像东亚的阿拉伯人），拿着茅草扫帚仔细地清扫街上的每一粒尘埃。紧随其后出现的是学生，有的漫步湖边，有的游走在花园中，嘴里都高声背诵着英语课文。"你好吗？"他们冲我喊道。

"我好什么呀？"我喊回去，然后立马逃之夭夭，我可不想被各种英语问题轮番轰炸。大清早的，我甚至记不住自己姓甚名谁，更别说要我清楚地论述动名词用法这种细致的问题。

大批摊贩开始卖热豆浆、馒头和各式早餐糕点，生意兴隆。我大口嚼着包子（有肉馅或者菜馅），慢悠悠地穿过早市，看到琳琅满目的水果、蔬菜、肉类和海鲜干货。对于这些摊贩而言，无论白天还是夜晚都是分秒必争。我很怀疑他们还有没有时间睡觉。

早起的人当中有成群的退休老人，虽然年纪最大，精力却最充沛。他们当中有的跟随着便携式音响迸发出的乐曲，抑或是在内心默念着节拍，挥手摆腿，扭动胯部；有的打羽毛球、打门球；有的慢跑；有的到校门外的海滩上，在冰冷的海浪中畅泳；有的扭着胯快速倒走。有的练动作奇异的气功，扭动四肢的样子仿佛是在施展某种古老神秘的法术，又像是在预演癫痫发作时的病状。一些老者就着人行道上用粉笔画好的棋盘下象棋，旁观的人常常会忍不住各抒高见。

一群群看似羸弱实则身体强健的老太太（退休教授）或挥舞着中国折扇或挥舞着红缎带和亮晃晃的剑（估计是用来对付桀骜不驯的女婿），练习各种复杂多变的招式。她们时常敦促："一起来吧，潘教授！"但正所谓"心态决定年龄"，我是永远也赶不上这些时髦老太太的步伐了。他们每天至少晨练九十分钟，剩下的时间里他们开展客座讲座，参加学术会议，或者在花园里劳作。这就是他们所说的退休生活吗？光是看着他们就觉得累了。

几对退休的夫妇沿着厦大的芙蓉湖散步，手牵手静静地享受亲密的时光，宛若新婚，一点儿也不像新中国成立前就已经结婚的老夫老妻。尽管他们已经70多、80多甚至90多岁了，但从他们炯炯有神的目光中可以看出，人生没有走向终点，而是才刚刚开始——他们的子孙拥有他们做梦都不敢想的机会。

来中国之前，我结识了一些移民到美国的中国大陆人和台湾人，他们到美国时，除了一点钱和中国人特有的不屈不挠的乐观精神，就没剩下什么了。他们从事报酬低廉的工作，存款买房，并将之改造成幼儿园招收中国人的孩子。而后，将从中赚得的利润投资其他生意，赚来足够的钱供他们的子女上大学。时至今日，其中一部分人已经回到了中国，回到了厦门，在这个梦想启航的地方把握每一天，把握每一个机遇。

中国人不仅能"活在当下，把握今天"，也能"把握生命"，不轻言放弃，这是我研究厦门千年以来的创业贸易史得出的感悟。幸运的是，即使在历史上，中国在科技和海军方面占据领先优势（早在1000年前，中国就拥有了世界上最强大的海军、最先进的地雷和水雷以及火焰喷射器），但中国人也只是自强不息，而不会侵犯其他国家。到了18世纪末，中国和印度的经济占了全球经济的半边天。幸运的是，中国人重视的是贸易，而非征服其他国家。

既然全球经济的重心正重新转移到亚洲，那就一起希望这个趋势持续下去吧。

从厦门传递我们的爱，

比尔和苏

1989年1月30日

老潘有话说

在1988年，我深信中国终将繁荣发展，但我当时预期需要40到50年，没想到20年就实现了。不曾料想，厦门这个闭塞的小城会在14年内便很好地平衡经济发展与环境绿化的需求，甚至因此赢得世界认可。也未曾料想，中国会成为世界第二大经济体。最令我欣喜的是，中国成为世界上唯一一个未在经济贸易背后动用军事力量就能达到如此发展程度的超级大国。对于其他所谓的超级大国，这是值得借鉴的。

18 发薪日

亲爱的沃尔特叔叔、露丝：

每月100美元的工资按美国水平来说并不算多，但已经比中国平均工资水平高出了许多，哪怕是在厦门这样生活水平相对较高的经济特区，也是如此。

我每月收入700元人民币，而中国双职工家庭每月的总收入也不过600元而已。几千年来，中国人一直尊师重道，但现代中国尚未回报教师。厦门的出租车司机，即使教育背景欠缺，每月的收入也可达1500元至2000元——将近我工资的三倍。难怪几乎没有年轻人愿意当老师。就连街上的乞丐都对教师充满同情。

上星期，在厦门历史悠久的商业主街中山路上，一个乞丐向我走来。她衣着时髦，抽着进口的美国香烟，我猜，乞丐的收入可能也比老师多。她说："老板，赏我点钱吧。"他们当中很多是职业乞丐，但你分辨不出来，所以我总是施舍每一个乞丐，唯恐我拒绝施舍的乞丐恰好真的处境困窘。这样一来，有负罪感的便会是他们，而不会是我。然而，我当时真的一分钱都没带，于是如实告诉她了。

"不可能！"她说，"你们外国人全都很有钱。"

"不是所有外国人都有钱，"我说，"我只是厦大的老师，不是商人。"

她笑着说："对不起！早知道你是老师，我就给你钱了。"

校徽保平安

教师和教授的薪水低，这是众所周知的。纪玉华教授（先前为我们介绍过保姆李西）还曾为此创作过一出小品（山东快书），主人公是一个商人，向厦大的教授朋友借用校徽三天。当他归还校徽时，教授问他为何要借校徽，他说："我前几天要带一大笔现金上火车，担心遇到小偷。校徽最能保障安全。我把校徽别在外套上，人家一看就都知道我根本没钱！"

发薪日

即将领到第一份工资，我的心情颇为激动，结果却了解到领取工资需要折腾一整天。首先要去外事办公室（外事办），在那儿领一张卡片，说明我已获得批准领取工资。我拿着卡片跑到校园另一头的办公室，办公室里有10到12位工作人员操着算盘，为3位老师提供服务。他们早已知悉需要漫长的等待，所以都带了书报来打发时间。

尽管我一看就是个外国人，但他们还是说着中文，嘱咐我用中文填好一份中文表格。我感觉自己仿佛回到了在厦大海外学院上第一节初级中文课的时光。当他们意识到我不理解他们说的话时，便不再理我。于是我回到外事办，他们好心地帮我填妥那张表格。我又步行回到校园的另一头，把表格交给工作人员。他仔细检查，仿佛是在核实我有没有伪造，然后盖上所有文件都需要的公章和血红色的印章。我把盖好章的表格递给坐在他隔壁办公桌的小姑娘，她也进行了细心的检查——还审视了我一番——尽管表格上并没有照片可与我本人对照。最后她盖上章，朝我这儿一扔。我取回表格，微微鞠躬向她道谢。她看起来并不高兴，当然，我也不想招惹她，我下个月还想领到工资呢。

然后是去隔壁的办公室。一位老太太再次细细检查，盖章，接着说："赶紧，银行十一点半就下班午休了。"

"来得及，"我说，"现在才十点半。"她笑了——她是那天第一个先朝我微笑的人。我以为她那是和善的笑。现在回想起来，她之所以笑是因为已经了然我接下来将要面临的情况了。

我步行到校外的银行（领工资真能强身健体）。柜台窗口上贴着告示"午餐休息，暂停服务"。我说："现在才11点10分，告示上写午休从11点30分开始。""是的，"工作人员说，"不过窗口关闭前的准备工作也要花时间。我们2点30分重新开门。"我2点15分回到那里，以免要排长队，却发现只有我一个人苦等着。2点30分，门准时开了，但直到约2点50分工作人员才开始处理业务。我把表格递交给工作人员，他阅览后，拨动着算盘，再次阅览表格，盖上章，然后递给他旁边的姑娘。她也仔细阅览，拨弄着算盘，重新审核表格，然后盖章——而后把表格搁置在身旁的桌子上。她又开始津津有味地读杂志，没有理睬我。

我忍着一声不吭，过了整整5分钟才说："抱歉打扰一下，我能领走我的工资了吗？我得回去上班。"

她瞥了我一眼，说道："银行现在没有钱。"然后，又埋头看杂志了。

我愣了片刻才领会她的话。银行没有钱？即便在中国，这也着实令人诧异。我的中文还不是很好，或许是我误会了。"嘿！不好意思，我想领取我的工资，我已经提交所有的文件了。这里是银行，您刚才说你们这里没有钱吗？"

"安全起见，他们在午休时段把钱带回家了，现在还没回来。大概再过5分钟吧。"

MBA 项目与厦大外国专家招待所
1989 年 1 月至 1990 年 3 月

20 分钟后，两个男人停在银行门前，自行车后座上捆着一个大金属箱。他们把箱子拖进银行，重重地提放到桌上。打开后，映入眼帘的是成千上万张亮红色的 100 元纸钞。我从来没见过如此多的钱集中在同一个地方——他们午休竟然带这么多钱回家？

超脱时间的中国人

这令人沮丧吗？那当然！不过正如我之前所提到的，沮丧得说起来几近荒唐可笑。在军队里，我们要在越野障碍训练场上跑步，而游走在中国的"繁文缛节"之中可说是比军队设置的种种障碍更具挑战性，因为不仅是对体力，对心智也是同等的考验。然而，中国人面对着同样的障碍，却能淡然处之。怪不得，在厦门的传教士麦嘉湖在 1907 年这样写道：

> ……（这）使得中国人能够以完全斯巴达式的耐性和刚毅来忍受任何苦难。即使食物严重缺乏，不足以维持人类生存所需，他们也能靠仅有的食物年复一年地生活下去。他们任劳任怨做着最艰苦的工作，没有闲适的星期天来打破日常的单调和疲乏，也不进行任何的调整让头脑休息片刻。他们会以坚定的步伐继续履行生活的义务，脸上保持着神秘莫测的沉思神情，不禁令人想起中国寺院或寺庙内常见的佛祖形象……中国人的耐力似乎不可估量。他们坚强、宽厚的本性与生俱来，是为力量之典范。

值得高兴的是，中国人现在的日子没有像麦嘉湖所处的时代那般多灾受难——但他们依然具有斯巴达式的坚毅耐性。我内心希望能向他们学习。

美国人会认为这里的慢节奏难以忍受。就像是墨西哥人常说的mañana[①]，明日复明日，任何事都以后再说。莎士比亚一定是想到了中国人，才让麦克白[②]说出"明天，明天，再一个明天，一天接着一天地蹑步前进，直到最后一秒钟的时间。"[③]这句话。

不过，真的是蹑步前进吗？在美国，无论我节奏多快，也总是赶不上进度。我开始明白中国人为何会说"走马观花"这个词。因为事情总是忙不完，人生却苦短。

刚到厦门时，我十分想念之前在美国开的轿车——我还真是怀念洛杉矶可怕的交通路况！骑自行车太慢了——我已拼尽全力弥补骑车浪费的时间。一天早晨，外事办的老黄说："小潘（就是我），我昨天看到你骑着自行车狂奔，什么事这么匆忙？"

"当然是有事要办啊！"

老黄面露微笑，似乎看穿了我。我意识到根本不必如此匆忙，无非是跑跑腿办点小差事，并不是什么急事。

很多时候，商铺老板或是自行车修理工看到我，都会招呼我："小潘，来喝点茶！"

我稍停步，说："不好意思，还有很多事要办。"然后急忙加快脚步。

[①] mañana，"明天"之意，在墨西哥人的词典里，"明天"就是以后再说吧，也许三五天，也许是一两年。

[②] 麦克白（Macbeth），莎士比亚"四大悲剧"之一《麦克白》中的主人公。

[③] 朱生豪译。

他们除了整天悠闲地坐着喝茶，也许没什么事情可做了吧，但我的生活很忙碌。不过，在老黄注意到我只是惯性地追求速度后，我决定放慢脚步。这并不容易。

要改变心态就得先改变行为。于是我强迫自己慢慢踩自行车，享受当下（正念，是基督教和佛教神秘主义者所推崇的）。每星期至少一到两次，我会停下来喝茶——烦躁地等着他们花20分钟洗涤茶具、烧水、倒茶，接下来的20分钟，便用小巧的闽南（福建南部地区）茶杯细细品尝两口。慢慢地，我开始享受这种方式！

让我惊讶的是，哪怕是慢慢地骑自行车，也看起来很匆忙，于是我开始习惯于步行，欣赏美丽的校园，看人来人往，停下来喝茶，习惯和人们闲聊，因为聊天对象于我而言变得重要了，聊天的话题也就不再显得琐碎。我们还邀请学生每周五到家里喝茶，我弹着吉他教他们唱英文歌，偶尔放放西方电影，但通常是回答他们的问题，最常听到的是："你到底为什么来中国？我们可都想去美国。"

当然了，生活还是有些压力的。一家四口住在一间小公寓里并不轻松，更何况这公寓还不比美国的一个房间大，没有烹饪设施，小孩的医疗保健也不好。最重要的是，语言学习更是不易。如果我仔细琢磨的话，像我这么辛勤尽责地完成教学工作，每个月却只赚得100美元的报酬，真是自贬身价！不过，我已经找到了解决这个问题的好方法。

我准备申请降薪——与同样辛勤工作的中国同事领相同的薪水。如此一来，我会感到自己的薪资待遇是公平的，不会总想着自己报酬太低。但我也会向学校申请让我们搬入中国教工的宿舍，虽然那里的环境条件没那么好，但稍微宽敞一些。学校不允许外国人与中国人同住，但凡事都有第一次。

向全家人传达我们最美好的祝愿，

比尔和苏
1989年2月3日

老潘有话说

对待生活的正确态度　1926年，福建协和大学毕业生陈泽清（音译）曾发表感言："福建教会我如何生活。在这个物质世界里，随处都能获得物质用品，但只有在合适的环境中才能把握好对生活的态度。福建为我提供了这样一个环境。"

MBA 项目与厦大外国专家招待所
1989 年 1 月至 1990 年 3 月

⑲ 中国新年，繁荣昌盛

亲爱的杰夫、艾莉：

祝远在洛杉矶的各位春节快乐！我不再是没有家乡的美国人啦！

一个中国学生自豪地告诉我："我来自北京。"

"真的吗？那里是怎么样的？"

他耸肩说："我不知道。我从来没去过那里。"

我以为他犯糊涂了，结果他指的其实是他的祖籍北京。中国人怀有很深的祖籍情节，而我们却没有"祖籍"这个概念，这令他们颇为诧异。

我所遇到的每一位中国人都似乎不自觉地就会问我："你的家乡在哪里？"我告诉他们我没有家乡，他们却不断继续询问，像是怀疑我怀揣着国家机密似的。"你在哪里出生？"

"路易斯安那州，"我说，"但在我六周大的时候我父母便离开那里了，之后再也没回去过。"

他们越发不耐烦，语气像是质问我："你大部分时间都是在哪里生活的？"

"我 32 岁来厦门，在那之前已经在 30 个地方生活过。可以说，我在哪儿工作就在哪儿安家。"他们意识到我其实是一个无家可归、到处流浪的美国人，震惊得身体直往后缩。

不归属于任何一个具体地方，这是会令中国人感到忧虑不安的事，

91

因为他们最重视自己的"根"。几个世纪以来，东南亚的大多数海外华侨都来自厦门地区。但是，即使离开了中国，他们最终还是希望在发家致富之后回到祖国安享晚年。若未能如愿，他们也会希望子孙后代把他们的骨灰带回中国。他们对当权政府的看法无关紧要，只知道他们是中国人，是福建人。正如英国皇家海军爵士寿尔在1881年时对厦门人的描述：

> 长久以来，厦门一直是中国移民出国的重要口岸。1874年，就至少有16,500名苦力过关去往新加坡，我们抵达数天后，又有一艘大轮船载着800人驶往同一港口。其中多数人是前往马来半岛及马六甲海峡的荷兰殖民地，且全数来自厦门地区，或是技工，或是农民……
>
> ……许多人在移居的国家安顿下来，但积累了一定资产后返回家乡者亦不在少数；实际上，由于中国人眷恋故土，部分人为了死后能入祖坟，在经济条件允许的情况下，会特别强调对遗体作防腐处理，送回籍贯地埋葬。

移居中国之前，我一直认为只有草本植物学家和信奉摩门教的系谱专家才会重视认祖归宗。我还真有一位亲戚是摩门教徒，他曾跟我说，无论喜欢与否，我早已通过代理受洗成为摩门教徒了。而自从他说我无法否认已受洗的事实开始，我便一直特意饮用咖啡和茶，并拒绝遵从一夫多妻制，以违反摩门教教条为乐。

中国新年返乡团聚

不像没有故乡的美国人，中国人始终知晓他们的祖根。他们知道自己来自哪里，春节到来时，他们知道要回到何处——家。春节临近时，长途汽车、飞机、卡车、船等各种交通工具上都会挤满返乡的乘客，个个都满载礼品。在乡村，崭新闪亮的自行车上载着一家老小，还有一捆捆礼物、一笼笼活的鸡、鸭、鹅、猪仔，"吱嘎吱嘎"徐徐前进。哪怕是最偏远的内陆地区，山路上也满是人，一家子不惜每年长途跋涉，欢欣期盼地踏上返乡的归途，父母肩上扛着行李，孩子们蹦蹦跳跳、欢声笑语，期待着品尝奶奶精心准备的美食，听爷爷讲述革命战争时期的历史故事。

对于我们美国人，感恩节比圣诞节更贴近中国春节的精神内涵。圣诞节自然是最欢乐喜庆（也最昂贵）的节日，但最繁忙的客运季非感恩节莫属，因为我们全都回家吃团圆饭。对于中国人而言，新年的重头戏也是团圆饭——也是在此时，我们才发现，我们也有很多家人般的中国朋友。

中国新年是家人相聚的温馨时刻，但时代显然正在变化。当 MBA 中心的主任知道我们没有准备除夕年夜饭时，他大为吃惊，邀请我们去他家吃团圆饭。这是一次学习和成长的经历。我学到了很多，也成长了很多——腰围长了有 10 厘米吧。

除夕围炉

如同当时在厦大的所有人一样，刘院长住在一间很小的公寓里——是由大别墅的一个房间改造而成。他们在墙壁上贴满了白色的电脑纸，以此遮盖厦门潮湿气候引起的斑驳变色。唯一的装饰品是一本廉价的挂历，还有几朵褪色的廉价塑料花，不过花的配色似乎不太尽如人意（我和苏都想不通，为什么他们喜欢将粉红与大红搭配在一起）。木制家具很耐用，但做工粗糙，我小心翼翼不让木刺扎进手指。但那天晚上，没人在意公寓的装饰或家具如何。对中国人而言，最重要的是家人开心团聚，而那天晚上，我们确实亲如一家——分享他们所能提供的最好的饭菜和酒饮。

住处可能显得较为寒酸狭小，但酒食却极为丰盛。刘院长首先以青岛啤酒（德占时期在山东留下的著名遗产）开启晚宴，接着端出精选的闽南菜肴，第一道是厦门人的最爱：土笋冻——一种蠕虫，熬煮后其所含胶质释放到水中，冷却后即凝结成灰色的圆形块状。这道菜的口感胜过味道，蘸上辣酱和足量的芥末酱，味道更佳。

我们习惯了美国主人家的作风，以为他们爽快地把所有牌都亮出来了。他们摆了四道菜在桌上，我们便胡吃海喝一通，却不知道刘院长还藏着王牌——还有十六道菜在后头。到第十二道菜时，我觉得，此生再也不想看到中国食物了。到了第二十道，我的肚子圆得像是怀胎十月，就等着剖腹产了。

菜肴包括浅盘子装着的当地鱼、虾、蟹、鱿鱼和章鱼（我的最爱，尤其是吸盘部位，十分有嚼劲，很像塑胶葡萄）、红烧鸡、黑椒牛肉、酥皮糕点、几道汤，还有各种你想象不到的蔬菜（比如苦瓜、菠菜根）。当然，还有孩子们最喜欢的甜点，包括鸡蛋饼、黑豆蛋糕、银耳羹。

饭桌上不拘礼节

我很享受饭桌边的不拘礼节。中国人是重传统和礼节的民族，但坐到饭桌边则不那么讲究礼数。他们抛开礼仪的束缚，沉浸在愉悦的气氛中，完全不像西方美食家那样受餐桌礼仪的重重束缚。他们围坐在一起，盛放着各式菜肴的碗碟摆放在桌子中央，而且通常是放在餐桌圆转盘上，想吃什么菜就转到自己面前。期间绝不会说"请把……递给我"，因为他们知道上帝赐给我们胳膊就是让我们伸出手去夹菜的！

要是西餐也能如此简单随性该多好。

结婚许多年了，我还是记不住西餐的6把刀叉和勺子该如何摆放，该以什么样的顺序使用。我亲爱的岳母会不厌其烦地温馨提醒，试图纠正女婿与生俱来的粗俗举止，"比尔，餐具要从最外面用到最里面。"

而且，她总是以缓慢平稳的语调提示我，像是教导智力发育迟缓的孩童，"比尔，汤匙要打圈圈，这样汤才不会洒到你的膝盖上，比尔。"

中国人喝汤根本不用汤匙。在中国，得体且正确的喝汤方法是先用筷子吃完汤里的固体食物，然后捧起碗到嘴边，把剩下的汤水喝完。既优雅又简单。不过，我提议一种创新的喝汤方法，如经采用，可能会将中国餐桌礼仪推向新层次，而且可能再打破一个东西方文化障碍——古板的西方人认为啜食汤发出的声音难以接受，这成了东西方文化的一个阻碍。

我的提议就是用中空的筷子或者用吸管喝汤，那就不需要就着碗喝，也就不会发出啜食声——不过最好还是等汤凉下来再这样喝。我永远记得一位中国老奶奶在麦当劳用吸管啜饮滚烫的咖啡时发出的尖叫。假如这事发生在美国，她可能早就起诉麦当劳要求获得大笔赔偿了，而从今往后汽水吸管就都会附上警示。不过中国人不喜欢打官司，倘若自己喝咖啡烫到或者在路边绊倒，他们不会想着去起诉谁，只会学着下次多加留意。（美国国内的诉讼满天飞，我能理解詹姆士·奥格尔索普将军在1773年成立弗吉尼亚殖民地时为何要取缔律师）

从无趣的高雅中解脱！

关于"西餐礼仪"，多萝西·帕克[①]曾经写道："那些完全掌握礼仪的人，能够做到完全正确而无可挑剔的人，似乎迟早会进入一种无趣的高

[①] 多萝西·帕克（1893-1967），美国作家，其小说常含一种悲悯之情。

雅的状态。"

中国人在餐桌上绝不可能做到无趣的高雅。他们所使用的只不过是一双朴素的竹筷子，随意地搁在碗旁边。然而，中国人忌讳把筷子竖插在米饭上，因为那样看起来就像是在饭碗里插几炷香供奉鬼神和祖先一样。而渔夫则忌讳将筷子横放在碗口上，害怕他们的渔船因此搁浅[①]。有一次我把筷子横放在碗上，一位教授说："我们这里不这样放筷子。"

"但我们不是渔夫啊。"我说。

他一脸惊恐："难道你不在乎渔夫的船吗？你吃的鱼可都是渔夫捕的。"

> 中国人吃饭不使用刀叉。他们的日常食物基本上是米饭配酱菜或蔬菜肉丁。他们在餐桌上使用两根像铅笔一样的细棒子，称为"筷子"。用手指夹握住筷子，能够控制筷子的同一端并拢或分开，以适合的宽度夹取他们要吃的食物。若非要让美国人用筷子进食，习惯吃饭快的人就要挨饿了。然而，我所见到的是中国人与其他人相比，同样身材硕大，同样精神饱满。
>
> 科芬《使用筷子的饮食习惯》，1908年

野蛮人和傻瓜

近来，有中国学者一本正经地指出，鉴于用筷子比用刀叉对肢体灵巧度的要求更高，中国人比我们用刀叉的"野蛮人"更聪慧。他们的运

[①] 中国民间的一些习俗中，将筷子平放在碗口上有许多不同的含义。在渔夫看来，筷子平放在碗口表示"渔船要搁浅，桅杆要倒下"，为不祥之意。

动技能提升了，因此有助智力开发。这和另一观点颇为相似，认为记忆笔画复杂的汉字有助于智力开发，而使用简单的 26 个字母却阻碍了我们"野蛮人"的正常发展。

多次听到这样的言论后，我忍不住反驳说，我们"野蛮人"双手并用而非只用单手，所以我们更聪明。用餐时，我们一手握餐刀一手握叉子，同时开发了我们的左脑和右脑，反之，中国人只用一只手（通常是右手）握筷子，只用到了半边脑袋。

不过话说回来，我想，面面俱到的享乐主义餐桌礼仪对我们这些"野蛮人"着实是一种沉重的负担（对已婚人士更是如此），所以，说不定中国人确实比我们聪明。

你们的生活还顺利吗？我们非常想念洛杉矶。

比尔和苏
1989 年 2 月 12 日

20

中国新年的遭遇

亲爱的本特利、吉兰及家人：

最近几个星期以来，厦门"泛滥"了，不是洪水泛滥，而是人口泛滥——大批农民工涌入这座城市找工作，期望挣点钱回乡过春节。我很同情他们。在中国，过好年，预示着来年会有好的收成，但若两手空空回家，可就不是什么好兆头了。然而，对厦门本地人而言，今年也是难熬的一年。

近几个月以来，出口下降，所以工作机会很少，薪酬也低。许多人对美国颇有怨气，而且对此完全直言不讳——在我的课堂上也是如此。幸好，大部分中国人都明白一切都归源于政治，与普通老百姓无关，所以即使他们斥责美国政府，但对我们美国人仍态度友善。不过，确实有一个中国人对我个人撒怒气，就好像是我炮制了美国政策似的，但我还没来得及说什么，已经有另外几个中国人谴责他了。其中一个替我说话的人情绪激动，我都以为他要对那个人动手了。

无论责任在谁，与有当地户籍的劳动者相比，近来的形势对外来工而言更加严峻。他们工时很长，靠微薄的工资生活，每一分钱都得省着用。即便如此，到了春节，他们可能还是没能攒下什么钱。不过，有极少数人却游手好闲……

每年春节都是扒窃和未成年人盗窃的高发期——庆幸的是不涉及暴

力。我去年遭遇3次扒窃，今年我谨慎小心得像得了疑心病一样，不过值得了。

有一次，我在"饺子馆"买饺子时，莫名地抓了一下自己的口袋——在里面居然抓到了一只手腕！我猛地把那只手从口袋里拉出来，却看到它紧紧握着一把人民币。那个男人身材高大，皮肤黝黑，看样子是中国西北部的人。趁他还没反应过来，我一下把他按倒在地（在台湾学的功夫终于派上用场了）。人群炸开窝似的斥责眼前这个动用暴力的外国人，但当他们了解了实情，怒气便转向他们的同胞："你怎么敢这么做！这个外国人是我们的客人！真是丢我们的脸！"

两个身材魁梧的男人表示愿意帮忙压制住他等警察来，但我使劲地把他的大拇指往后掰，让他疼得无法抵抗。随后，我押着他走向警察局——但警察盘问的却是我，而不是小偷。

"你为什么来中国？你来这里多久了？你为什么在饺子店里（我心想，当然是买饺子啊）？他偷了你的钱吗？"

"没有，因为我逮住他了。他把手伸进了我的口袋，手里抓着我的钱。"

他们对我盘问了半个多小时，做了笔录。我在文件上签名摁手印后，他们就放我走了。一个星期后，我得知他们也释放了那个扒手。

一个星期后，我和苏在一家清真面馆吃饭时，那位扒手走了进来。他看到了我们，于是和他的朋友包围了我们的桌子，怒气冲冲地瞪着我们。记得一位中国朋友曾经说过，"坏人总是欺软怕硬"，于是我也瞪回去。我和苏还没吃完饭就离开了，直奔警局，把刚刚发生的事告诉他们。我问："为什么你们把他就这么放走了？"

"他是未成年人，来自新疆，是个穆斯林，和他姐姐一起住。他姐姐来把他接回家了。"

"未成年人？他看起来有20多岁了，块头比我大，而且还威胁我！"我气冲冲地离开警局。

后来我冷静下来，后悔自己对警察冲动无礼。我在美国空军特别调查办公室担任特工的时候，获得过警察学和刑事司法学的学位，专攻方向为未成年人犯罪（只是后来转到了跨文化研究，再转到商科）。我太了解未成年人犯罪处理过程中存在的问题了。全部关起来就好了！我们现在的囚犯数量已经够多了（美国的囚犯比其他任何地方都多）。

回想起来，我意识到中国警察对于外国人遇到扒手或许是感到尴尬的。即使远在1000年前，假如外国来宾受到什么损害，对中国人来说是颜面尽失的事。当时，政府会自行雇佣护卫，在旅程中陪同保护外国人。就像驿马快信制度[①]中的包裹传递一样，外国人每到一个站点就会更换一个护卫，护卫们通过正式的签字手续进行交接。假如外国人遭受损害——或伤亡（但愿不会如此）——那么护卫将人头不保。

现代中国人延续了祖先留下的传统，依然严肃对待外国人的安全问题。我决定去和警察道歉，但我还没回到市区，厦大的另一位美国老师就和警察打了个照面。

简正要挤下拥挤的公交车，一位便衣警察在车门前叫住了她，出示了警官证。"打扰一下，"他说到，递给她一沓皱巴巴的人民币，"这是你的钱。"而后举起他的手——用拇指铐把他与他身后一个面红耳赤的男人

[①] 驿马快信制，是1860年到1861年间在美国开办的快递业务，由威廉·罗素、亚历山大·梅杰斯和威廉·瓦德尔创建。其邮路东起密苏里州圣约瑟夫，西至加利福尼亚州沙加缅度，全长约2900公里，共设157个驿站，每个骑手一般骑行120至160公里，每隔16至24公里便换马一次。1861年10月横跨北美大陆的电报系统完工后就告停用，总共存在了一年半的时间。尽管存世不长，它却在美国西部历史上留下了一段传奇。

铐在一起了。"这个男人偷了你的东西。我们感到非常抱歉，他就交给我们处理吧。"

向家人传递最美好的祝愿，

比尔和苏
1989年2月28日

㉑ 没有课本就不上课！

亲爱的查克、唐娜，还有迈克、凯伦：

在厦门问候你们！你们在台湾教书也有些年头了，我想知道你们有过与我类似的经历吗？

巧妇难为无米之炊

我的工商管理硕士班的学生人数从春季学期的 32 人缩减到秋季学期的 21 人，有传闻说下一学期学生人数会更少。我向办公室负责人小娜抱怨："如果这种情况持续下去，就没有学生上我的课了，你们会让我去扫大街吧。"

"我们从来不让外国人扫大街！"她说，"你会烹饪吗？"

上课第一天，我很惊讶地看到全班 21 位学生当中只有 8 位有课本。"没有课本根本没法学习，"我说，"你们去办公室领课本，没领到就不要回来。"

"潘老师，我们试过了。那里没有课本。"

"胡说！"我说，"去年春季，我们有 35 套课本，学生修完课程后应该还回去的。"（学生负担不起售价 80 美元的教材，我们学院也负担不起，所以我们在每学期将课本借给学生）

班长说："很抱歉，但他们拒绝归还那些书。他们说彩色印刷的加拿大课本很漂亮，而且还了之后，他们就没东西能够证明自己付出的努力。"

MBA 项目与厦大外国专家招待所

1989 年 1 月至 1990 年 3 月

"你在开玩笑吗？他们别无选择！要么还书，要么付钱买——但我们现在已经来不及购置新的教材了。你问过刘院长了吗？"

"问过了，他说他也束手无策，让我们就这么上课。"

"太荒谬了！"我说，"巧妇难为无米之炊。在这儿等我，我去讨要那些书。"我快步走出教室，直奔院长办公室——仿佛和爱丽丝一起掉进了兔子洞。①

"上学期的学生没有归还课本吗？"我用问候的语气问了一句。"没课本根本就没法教课啊，现在也来不及买新书了。请让他们把书还回来吧。"

"很抱歉，潘教授。我跟他们说过了，但他们拒绝归还。"

"他们怎么能拒绝？那是偷窃！告诉他们，如果他们不还，这门课的成绩就不及格。"

"但我们没有这条规定。"

"那就定一条！在美国，哪怕是哈佛，如果你不还清图书馆的书或按要求赔付的话，是不会准许你毕业的。"

"这里不是美国。"刘院长说。

"我不是开玩笑，"我说，"我都不确定我们是不是在同一星球上的。没有书本，我怎么教课？"

"能否想想办法？"他说，"我很抱歉。我恳求学生还书，让他们考虑这个行为给同学造成的问题，但只有几个人听进去了。我也无计可施了。"

---

① 兔子洞，出自《爱丽丝梦游仙境》，意为进入另一个世界的入口。主人公爱丽丝曾说过，"The only way to achieve the impossible is to believe that is possible!"（只要相信，就有可能！）

我时常调侃说自己没有经历过文化冲击，因为我没有文化，谈不上文化冲击，但这件事着实冲击震撼。一方面，中国人向来弘扬尊师重道，那他们这次怎么可以拒绝？另一方面，我见识到了中国学生的权利意识。一位中国教授跟我说，在上个春季学期，学院满足了学生的所有需求，就差没给他们分配对象了。现在，他们认为自己有权将那些书据为己有，就算明知道学弟学妹们会没有课本用，都不管不顾。但上学期的荒唐事已经足够了。如果学生能表明立场，我同样可以。

"刘院长，假如我们确实没有课本，我可以理解。但我不会允许我的新学生因为上学期学生的幼稚贪婪和官僚的无能而受罪。要么，我拿到那些书，要么，我罢课，高举着我们工商管理硕士课程的旗帜，带领学生游行。"

"我会拿到你要的书！"院长大喊道。教职工纷纷从各自的办公室门口探出头来，盯着我们看。一般说来，中国人倾向于保持冷静——况且，从来没看到哪位院长对老师大喊大叫的。

"什么时候？"我厉声问道。"我想现在拿到，不是下个学期。"

"明天早上，"他说，"上学期的学生今天不在学校。"

"好。"我说完便怒气冲冲离开了，无视那些中国教职工凝视我的目光。我回到教室，告诉我的学生："你们明天就会有书了，就算要我亲自到那些学生的宿舍楼拿，我也会给你们拿过来。"

"您是怎么办到的？"班长问。"我们试过所有办法了。"

"你们也不是什么办法都试过。"我说。我的学生能拿到课本，我便松一口气，但想到自己为了此事把刘院长逼得走投无路也很懊恼。这段时间以来我们成了好朋友。我们拜访过他家，他也来过我们家。在我们暑假结束回到厦门之前，他和他的妻子甚至帮我们清扫了公寓。他的确是一个无可取代的朋友——而如今，我却让他当着这么多人的面丢了面子，也让自己丢了面子。

第二天上午8点，我在工商管理硕士办公室守着，看学生们来还书。其中一人说："非常抱歉，潘教授。我们不知道——"

"——不知道什么？不知道你们偷了的书是同学们需要用的？我让你们再上两节课。试试看没有课本，你们怎么上课！"

学生们沉默了。其实也没什么可说了。我本应该保持沉默，但却自掘坟墓。

一位外籍老师听说了这次事件后，拍拍我的背，说："不用说，你让他们长记性了！"

我说："恰恰相反，我倒觉得是他们让我长记性了。"

我是赢了——但同时也输了。冷静下来后，我意识到原本可以用更符合中国文化观念的方式来达到相同的目的。我本可不必和刘院长硬碰硬，只要带着几位新学生去拜访上一届的学生，巧妙地迫使他们面对这些被他们抢走课本的学生。虽然他们曾经拒绝服从学院行政人员的指示，我心想，他们不太可能会拒绝老师面对面提出的要求——尤其权益被他们侵犯了的同学在场。对，这或许要多花一两天时间，但既可以不让任何人（包括我自己）丢面子，又能解决问题。

连着几个晚上我都辗转难眠，最后决定去对院长和我之前的学生道歉。我的新学生很高兴我使用强硬手段快速解决问题，然而，我也向他们道歉了。"我教授关于领导力的课，但我处理这次问题的方式却像官僚，不像是领导者。经理要做对的事，而领导者要用对的方式做事。运用我所教的内容，好过效仿我这次的行为——我希望自己可以做得更好。"

我听说，中国人会避免自己丢面子，也避免让别人丢面子。而且据说，中国人一旦丢了面子，就很难原谅让他丢面子的人。正如中国的一句老话：覆水难收。但是，中国人现在也不完全是这样了，因为院长、教工同事和学生们都原谅了我这个倔强的美国老师。甚至，我们的关系比以前更稳固了。一些同事说："我们理解你当时烦躁的心情，而现在你或许也了解我们当时的心情了。吃一堑，长一智——换句话说，我们从自己的失误教训中汲取经验。"（中文的谚语真是涵盖了生活的方方面面！）

谨致问候，

比尔和苏
1989 年 9 月 28 日

老潘有话说

幸好这件事得以解决，不然1989年9月就会有一篇关于外籍老师带领学生示威游行的报道了。我对自己未能妥当处理那次事件以及其他许多事件颇为懊悔。但中文有一句谚语：好马不吃回头草——继续前进！我教授的 MBA 项目还有我的学生们也确实一直前进着。

如今，在美国《商业周刊》和《福布斯》的中国 MBA、EMBA（高级工商管理硕士）十佳排行榜中，我们的 MBA 和 EMBA 课程是榜单上唯一不在北京和上海地区的。另外，我们还开办了 OneMBA（环球行政人员工商管理硕士）项目（位列全球前 30 名），我担任这个项目的学术主任（虽然，我负责的监督管理工作并不多）。

22
人际空间之差异

亲爱的大卫、康妮：

在厦门的我们一家问候在佛罗里达的你们。回想起以前，我花了好一阵子才适应佛罗里达的南方口音，但与中国南方人说普通话的口音比起来，这倒不算什么了！

我在感恩节和圣诞节都必须上课，于是用英语向外事办抱怨说，对于一个无阶级（classless）社会，我的课时（class）太多了。他们很震惊，以为我在发表一番政治言论。"我只是在开玩笑！"我保证说。

"这是开玩笑？美式幽默？"

"是的，只是玩笑话而已。我很抱歉。"

"你说话真好玩！"他们笑了，但似乎笑得有点勉强。我决定不再随意地用英语开玩笑了。但后来我发现，普通话里只有400个音节，用中文说一语双关的俏皮话比用英语容易一些。中国人也常常会幽默一把。有些汉语双关的历史甚至比基督教的历史还悠久——但我用他们的土话新编造的玩笑有时也让他们猝不及防。

"你是认真的吗，潘老师？"

"不是——那是开玩笑。"

"但我们不那样开玩笑的。"

"这是一种新的双关，也试试吧！"让我高兴的是，有些中国人开始使用我造的新词，比如"老内"。当中国人喊我："老外！"时，我会回敬他们："老内！"

"没有这个词！"一些人抗议。

"现在就有了。"我说。我也教他们沿用英语里的"big potato"的说法，把"大人物"戏称为"大土豆"。昨天，我高兴地听到外事办的一位领导跟他同事说："明天，有几个北京的大土豆要来。"看到我在一旁，他刹那间尴尬得脸红。我朝着他竖起大拇指："你的中文有进步呢！"

我一脸严肃地开玩笑时，常常让中国人感到迷惑。他们不知道我是不是认真的，又不愿冒犯我，便问："你是开玩笑吧？"有个中国人说："哈！潘教授，你老是开玩笑啊，真有趣。你是不是还在美军服役，企图从语言开始来毁灭我们的国家啊？"

这次轮到我惊恐了。我不会拿这个来开玩笑！我的朋友看到我震惊的神情，加倍放声大笑："哈哈！一报还一报！"这个谚语用错了，不过我懂他的意思。

亲身实践的文化体验

厦大领导了解到我获得的文学硕士学位是跨文化研究，专攻语言学，于是让我做一次关于中英文化差异的公开讲座。我那次讲座的主题是"人际空间"，这方面的文化差异着实令我感到不自在。

有一次，我看到门口保安坐在另一个人的膝盖上，双臂环抱着他，亲密地四目相投，我差点从我那生锈的永久牌自行车上摔下来。中国男人的互动颇为亲密——不像西方人，会认真地捍卫那不可侵犯的76厘米（学者从人际空间案例研究中得出的最佳距离）人际空间。

中国人在隐私和人际空间方面的观念与我们截然不同，因为中国有13亿人口，在这两方面的空间都有限。男人之间不忌讳牵着手、挽着胳膊或者搂抱身体，因为中国人对自己的文化习惯了然于心，觉得这完全可以接受，但外国人却觉得这无法接受。

就拿简单的握手来说吧。美国人的步骤是：抓住，握紧，像用油泵抽取油那样上下动三次，然后松开。相反，中国人可能会抓起对方的手，亲密地握住，甚至在整个对话过程中还不时轻拍对方的手背。

最后，我的讲座内容是与不谙中国文化的老外交际时应当避免哪些握手方式，以及避免接触对方其他身体部位的行为。第二天，我碰见外事办的老黄，我的儿子们最喜欢的中国老爷爷之一，也是握手界典型的代表人物。

老黄一边闲聊，一边握住我的手，不时轻拍我的手背，足足有15分钟。最后他问："小潘，握着我的手你会觉得别扭吗？"

"有一点。"我坦白回答。

他哈哈大笑，张开双臂抱了我一下（这我还应付得来），坦诚说道："昨天，我听了你的握手讲座！"

从那之后，这个老顽童就用真正的美式油泵抽油式握手来和我打招呼——还不忘狡黠地咯咯笑。

向家人拥抱问候，

比尔和苏
1989年10月15日

23

厦门最具节庆气氛的节日

亲爱的伊芙、利瓦伊:

我们在厦门问候你们和各位在乔治亚州的朋友。当你们为庆祝感恩节作准备之时,我们也迎来了厦门最喜庆的节日——我指的不是春节。

虽然,春节在中国大部分地区是最热闹的节日,但对厦门而言,由于独具特色的"博饼"游戏,中秋节成了最喜庆的节日。每年农历8月15的晚上,厦门岛的大街小巷都充满了欢声笑语,还有骰子在陶瓷碗中跳跃时发出的叮叮当当的清脆声响。我们的两个儿子对"博饼"游戏情有独钟,一年到头都会用硬纸板做的月饼来玩这个游戏(纸板月饼可能也一样好吃吧)。

住在月亮上的女子

第一个踏上月球上的人不是宇航员尼尔·阿姆斯特朗,而是嫦娥,传说中在夏朝(约公元前2070年—前1600年)就逃离地球的一位中国美人。在月亮节(也就是中秋节)期间,人们会向她供奉月饼、水果和茶,还有纸钱。

中秋节来临之际,人们会购买月饼馈赠亲友、同事、上司等等。在台湾的私立学校里,老师会送月饼给学生,学生则回赠装有现金的红包。我可不介意我的学生也这么做!

过去,中国女孩们相信,中秋节前夕越晚睡,母亲就会越长寿,很多女孩因此通宵不眠。我想，如果我是一位母亲，而我的女儿那天晚上顶不住哈欠早早上床睡觉的话，我会整夜都睡得不踏实。

家境富裕但过了适婚年龄仍待字闺中的女子（现在称之为"剩女"）会从窗口将绣球抛给恰巧在街上晃荡的一群单身男子。她可以选择把绣球抛给谁，如果对方接到了，他就必须娶这个女子。纵使婚后家庭生活并不幸福美满，至少他也曾经得过一个绣球，开心过一阵子。

博饼

中秋节当晚，一家人会团聚在一起吃月饼，畅快喝酒，猜谜语。而且，只有厦门才有"博饼"的习俗。相传，这个游戏是由国姓爷[①]在收复台湾后发明的，让士兵们在驻守台湾时打发时间，暂且忘却思乡之情。

玩博饼游戏的人轮流在碗中投掷 6 枚骰子，而且要注意不让骰子弹出来（不然就会失去一次掷骰子的机会）。奖品各有不同，从小饼干到中等或大的月饼，每一项奖品都对应中国古代科举制的一个头衔。头奖为"状元"，即科举考试的第一名；"对堂"为第二名；"三红"为第三名，如此类推。

绿豆馅、蛋黄馅或水果馅的月饼不是最可口的，但却是最传统的。和美国家乡的水果蛋糕一样，这些月饼大致上可以吃，但用来当门挡、镇纸、就手的武器似乎更好。时至今日，博饼游戏中的月饼奖品逐渐被取代，换成水果、食品，或者毛巾、牙膏、清洁剂等日常用品。我们家赢来的牙膏都够用一整年了。如果我们错过了中秋节的庆祝活动，最早发现的肯定是我们的牙医。

博饼游戏的规则有时挺难弄明白的。譬如，如果你赢了状元奖，另

---

① 国姓爷，即郑成功。

一个人可以掷出更高等级的点数组合追缴状元。我还没赢过一回状元，反而山农手气特别好，每次都赢得状元！

博饼游戏的起源与规则

虽然博饼游戏公认是郑成功发明的，但其规则的源头大概可以追溯到1500多年前，考生们渴望在科举考试中金榜题名。依据骰子点数组合共设63个奖项，按科举考试中所产生的各种头衔来命名。共有6个等级，从最高等级往下分别是：

"状元"：头奖

下分7个等级：

    1）4个"四点"加上2个"一点"（最高级的"状元"），称为"状元插金花"

    2）6个红"四点"，称为"红六朴"

    3）6个"一点"，称为"幺点六朴"

    4）6个相同点数（6个"四点"除外），称为"黑六朴"

    5）5个"四点"，称为"五红"

    6）5个相同点数（5个"四点"除外），称为"五子"

    7）4个"四点"（普通级"状元"），称为"四红"

"榜眼"（"对堂"），即六颗点数分别为1、2、3、4、5、6；共2个。

"探花"（"三红"），即3个"四点"；共4个。

"进士"（"四进"），即4个相同点数，"四点"除外；共8个。

"举人"（"二举"），即2个"四点"；共16个。

"秀才"（"一秀"），即1个"四点"；共32个。

骰子点数组合的规则和命名在几百年来几乎没有变化，而所用的筹码则从普通硬币变成了状元筹和馅饼（鼓浪屿馅饼最为出名）。奇怪的是，福建东北部福鼎市有些人也说闽南方言，至今还用状元筹。

相传，郑成功身边的官员改良了骰子游戏的规则，以博饼游戏来让思乡的士兵们闲暇时有所寄托。根据许多清朝作家的说法，譬如郑大久在《台湾民俗》中记载，之后数百年来，台湾人在中秋夜会整夜不停地掷骰子，争取赢得一个中间写着红色"元"字的大面粉糕点。

我曾在文章中说只有厦门人才玩博饼，一位读者看到后愤愤不平："我们菲律宾也有博饼！"好吧，我接受指正。如今，博饼不仅在厦门和台湾地区盛行，在有祖籍为厦门的海外华侨的其他国家也同样流行。然而，只有厦门基本保留了博饼游戏的原貌。

即使在反对所有陈旧思想和做法的"文化大革命"时期，厦门人依然悄悄地掷骰子博饼！今天，我们已经可以公然开心地玩博饼——当然了，如果山农偶尔能让他老爸赢一回的话，我就更高兴了！

爱你们的，

比尔和苏
1989年11月9日

24 坦率直言觅火鸡（在中国过感恩节）

敬爱的阿诺德叔叔：

祝住在唐尼的你和家人感恩节快乐。其实，昨天才是感恩节，但是因为我昨天有课，所以我们只好明天再庆祝。

几天前，苏珊·玛丽下令让我买一只火鸡庆祝感恩节，但菜市场和商铺都没有卖火鸡。我迫不得已到外事办求救（在这些事情上他们是最高权威），他们说："厦门没有火鸡。"那么问题就解决了——至少我是这么想的。

当我把这个消息转告苏时，她说："厦门肯定有火鸡，我在台湾长大，台湾那时候都有火鸡！"

"苏，这里不是台湾。这里是——"

"你不用给我上地理课，比尔。我知道这里不是台湾，但我们离那里不过160公里。既然台湾有火鸡，这里没理由没有。是吧？再去找找看。"

"我已经找过了，苏，而且外事办——"

"比尔，这是感恩节，没有火鸡还是感恩节吗？去弄一只来。"

商店里肯定没有火鸡，所以我决定去乡下寻觅一番。不过，乡下到处是军营，那时不允许外国人走乡间道路。于是我征求外事办同意，让他们派一个人陪同我一起骑车去郊外找火鸡。"厦门根本没有火鸡。"他们又坚持说。

"你们能跟我妻子也说说吗?"他们认识苏,不知是出于对"妻管严"外国人的同情,或是出于敏锐的自我保护本能,他们派遣年轻的邝先生与我一同骑自行车去乡下。

我在孩童时代非常内向,我的家人就调侃我是隐士。我与人交谈不多,但人们能想得到的宠物我都养过,包括野生动物。现在,我还是能模仿许许多多动物的叫声。所以每骑行一公里左右,我就会停下来,尽量扯开嗓子模仿火鸡的"咯咯"声。我的叫声引来不少农民的注视,使得负责沿途照料我的邝先生颇为尴尬。到了某处,士兵把我们拦了下来,盘问外国人来军事禁区干什么。对于小邝的解释,我基本没听懂,不过却清楚听到了"他老婆"几个字。他们点点头,放我们走了。中国人太清楚家庭和睦的重要性了。

骑行数小时后,正当我打算放弃时,依稀听到远处有回应的"咯咯"声。我那越来越没精打采的同伴瞬间变得和我一样充满活力。"你真的找到火鸡了!"他说。我不停地踩着自行车,一边模仿"咯咯"叫,直到我们找到一位农民,他养了两只漂亮的火鸡。原来,在20世纪60年代早期,厦门农民曾饲养火鸡出口英国。有些农民渐渐喜欢上了火鸡的味道,这也不奇怪,毕竟没能吃掉中国人的,都成了中国人的盘中餐(假如你家人饿得快不行了,你肯定也会这样做)。出口生意失败后,他们接着养少量火鸡,供自家食用。那位农民不愿意把火鸡卖给我们,不过,我可没胆子空手而归,小邝解释其中原委后(我再一次听到"他老婆……",农民心领神会地点点头),农民便同意将其中一只火鸡卖给我,价钱大概抵得上我一个月的工资了吧。我很乐意付这笔钱,否则我回不了家了。

我把火鸡捆在车篮里,在众人讶异和艳羡的目光中得意扬扬地骑车回家。到校门口时，几个门卫大笑鼓掌，"你真的找到火鸡了！"我在外事办炫耀"战利品"，陶醉在他们的赞美声中，随后谢过小邝离开外事办。接着，我骑车爬上山坡，料想我亲爱的妻子必定会在门口迎接她忠诚可靠的丈夫，赞扬他的坚持不懈。我走到屋内，举起捆绑着的火鸡，说："我找到一只了，苏珊·玛丽！"

她正要去饭厅，瞥了我一眼，说："当然能找到了。我就跟你说他们有火鸡。"便继续朝饭厅走去。

说到火鸡呢……

明朝的妻管严小故事

这些明朝的小故事说明了不管是"老外"还是"老内"（中国人），都有不少共通点。我只希望苏珊·玛丽不会看到这些……

〈等我准备好〉

有个男人被老婆痛打一顿后四处躲藏，而后躲到了床底下。他老婆大声喊："马上给我出来！"

"我是一家之主，"他说，"等我完全准备好了就会出来。"

〈倒夜香〉

两个男人都很怕老婆，互相吐苦水。一人说："我老婆真是严苛，她甚至逼我倒夜香。"

"什么？"他朋友说，"岂有此理，如果我是你——"

"——如果是你，你会怎么做？"他老婆的声音从身后传来。

"如果是我，我马上去倒。"

我们的爱，

比尔、苏和孩子们

1989 年 11 月 24 日

MBA 项目与厦大外国专家招待所
1989 年 1 月至 1990 年 3 月

25

厦门的圣诞节

亲爱的戴夫、谢莉、达妮埃尔：

在厦门祝你们圣诞节快乐！

在厦门过第二个圣诞节，我们很开心，也很热闹。福建电视台的摄制团队整个晚上都在拍摄。中国人喜欢了解西方文化，对圣诞节也不例外。一个月前，我刚在新华书店买了一本书《外国人怎么过圣诞》。

摄制团队提出要拍摄我们的生活时，苏不太愿意。"比尔，这是一家人欢聚的时光！一年到头，我们至少要有一个晚上能清静不受打扰吧！"

我也这么认为。在中国，老外像住在鱼缸里似的，一举一动都暴露在众目睽睽之下。金头发、高鼻梁（有些俚语也用高鼻梁指代外国人），典型的外国人容貌，十分惹人注目。中国人不仅观察我们的一举一动，还会加以评论，甚至质疑我们的行为。但凡在中国生活过的人都不会再轻言中国人内向。我向摄制团队表达了歉意，婉拒拍摄，他们随后采取了非常中国式的方法，动用了"关系"。

在中国，一切都要靠关系。但事实上，全世界都是如此，美国和欧洲也不例外。我们称之为"人际关系网"，但本质是相同的。经济状况不好的中国人会动用人情，而富裕的中国人则动用关系来留住财富。

摄制团队通过关系委托外事办来问我们——外事办确实来问了。"请接受他们的拍摄。这不仅有助于中国人更好地了解西方文化，对我们学校来说,也是一次良好的宣传机会。"

假如拒绝外事办,便显得我们不知感恩了,因为外事办经常帮助我们(这也是关系的一个原理:我帮你挠挠背,你也帮我挠挠背,互相帮助)。

"如果我们答应让他们拍摄,我们要布置到什么程度?"

"你们随意布置就好,就跟你们往常在家乡一样!"电视台人员说。

那可不得了,他们肯定没想到那是怎样的盛况。我小时候会花上几个星期来做圣诞装饰。成家之前,我会把圣诞树摆上半年,全年播放圣诞歌曲。既然摄制团队想拍摄美式的圣诞节,那就给他们办一个。

缤纷多彩的过道——还有阳台和门廊。

"我可以在阳台上放置一幅耶稣降生图吗?"我问。

"当然可以!"摄制团队表现得很期待。

"多大呢?"外事办的代表紧张地问。

"也不是特别大——2.5米长左右吧。"我在一块2.5×1.2米的胶合板上绘出耶稣降生图,然后把它摆放在阳台上,再放置一盏聚光灯,这样走进厦大校门或者南普陀寺的人都能看到。

我和苏吹鸡蛋,在蛋壳上着色添彩,挂在绿色圣诞树上,还用电脑纸剪了一些雪花剪纸。我原本对自己的雪花剪纸非常引以为豪,后来才了解到,连5岁的中国小孩挥挥剪刀,都能剪出精美复杂的传统图案,比我剪雪花快多了,而我的这项小才艺在5岁之后就不见长进。

中国人在剪纸艺术上可能略胜一筹,但苏亲自做的圣诞烘焙饼干肯定是他们比不过的。她陆续烤了三十几篮形状各异的圣诞饼干,有星星、天使、拐杖糖、骆驼、魔术师等等,送给中国和外国朋友。看到骆驼形状的饼干,一位中国朋友惊叹道:"啊,是新疆的沙漠之舟!穆斯林也庆祝圣诞节吗？"

我们从偏僻的半山腰公寓区（当时还不知道几个月后我们会搬过去）草丛里采摘了一些一品红（中文所说的"圣诞花"）来装点我们的公寓。然后把近一米高精心装饰的塑料圣诞树放置在梳妆台上，还挂上了一串中国餐厅和酒吧里一年到头常见的小彩灯。准备插上电源时，我们屏住呼吸，看到灯串没有像去年一样着火，才松了一口气。

我们用针线布料缝了一本圣诞故事书和一些色彩缤纷的墙面挂饰；细心地用彩纸、记号笔和胶水做出拐杖糖、冬青树、玩具士兵、圣诞树和圣诞金铃的图案，用来装饰门厅；还画出一幅约1.2米的胡梅尔（Hummel）风格的耶稣降生图和一幅约1.2米的温馨圣诞节客厅图，图中的壁炉火熊熊燃烧着，壁炉架上用平头钉固定住几只圣诞长袜，还有一棵精心装饰的圣诞树。

平安夜，我们家里来了几位客人（除了摄制团队以外），有一位爱尔兰女孩、一位日本老师、一位俄罗斯女孩以及一对在厦大教书的美国夫妇。享用过我们家传统的平安夜比萨（应该颁个诺贝尔比萨奖给我）后，我们点上最后一根降临节[①]蜡烛，打开最后一扇降临节日历[②]窗户，唱起圣诞颂歌，诵读圣经上的圣诞故事。

读完圣诞故事后，苏为每一位客人送上一小篮她亲手烘焙的圣诞饼干。第二天，那位俄罗斯女孩与停泊在厦门港的一艘苏联船只上的船

---

① 降临节是基督教的一个节期，即从每年距11月30日最近的一个星期日开始至12月24日止（约4周），这段时间基督徒会回想耶稣降临时的情景。

② 降临节日历是针对儿童而言，在原有日历的基础上，增添了可以打开的小窗户。这种日历共有24个小窗户，从12月1日起每天打开一个小窗户，类似翻开一篇倒计时，到24日为止。

员分享了她的饼干。我原以为俄罗斯不过圣诞节。原来，虽然他们国家禁止宗教活动，但早在 1935 年，苏联就已经接纳圣诞节作为一种世俗的新年庆典，他们的圣诞节习俗中有圣诞树、骑着三驾马车的"严寒老人"（Ded Moroz）和他的孙女"雪姑娘"。苏联人之所以能接纳"严寒老人"，是因为他比基督教所信奉的圣诞老人出现得更早。他与圣诞老人相似，不过是作为"冬之巫师"的形象，手持魔法棒，身穿蓝色、白色或红色长袍。

圣诞快乐，愿世界和平，愿大家一切安好。

给你们温暖的拥抱，

比尔一家
1989 年 12 月 29 日

潘维廉教授 MBA 课程（1989 年 3 月）

福建电视台拍摄潘维廉一家庆祝圣诞（1989 年 12 月）

凌峰公寓——山顶的小房子

喝茶请自便

东方三博士——中国的送礼礼仪

中国的节日

Chapter

4

第四章

凌峰楼公寓
——山顶的小房子

1990 年 3 月至 1993 年 12 月

26

凌峰公寓——山顶的小房子

亲爱的金尼、比尔：

希望你们喜欢在北卡罗来纳州的新家——我们也有新家了。那是一幢旧式楼房，很小，但坐落在山坡上，可以俯瞰百万难买的古老厦门港海景。

我们在外国专家招待所住了一年后，厦大最后终于同意了我的请求，领取与中国教授同等的薪水待遇并搬进中国教工宿舍。曾经对我的待遇一直有意见，认为我应该伸张自己的权益，要求提高薪水的外国人，见我竟然主动请求薪水减半感到颇为震惊，但我有两条合情合理的理由。

其一，我并不喜欢仅仅因为自己是外国人，就领着比同样辛勤工作的中国同事高出许多的薪水。其二，凭借与中国教授同等的身份，我们可以申请搬到简朴许多但相对宽敞的中国教工宿舍。"住处的条件并不重要，"我说，"我会自己出钱装修，在外国专家招待所公寓我也是这么做的。"

我也指出，如果我们住进费用较低的中国教工宿舍，学校可以把我们的招待所公寓租给外来访客，从中赚取收益。

几个月以来，公安机关一直反对我们和其他外国人住进中国教工宿舍，后来态度终于软化了。我跟着外事办的小邝走上山坡来察看公寓情

第四章 凌峰楼公寓——山顶的小房子
1990年3月至1993年12月

况。"如果你不喜欢这里,我们另外还有一个地方。"他说。

宿舍楼有4层,住着7户人家,要沿着山坡爬到105级花岗岩台阶的最顶上才能到。小邝拿出钥匙打开木门,门往里打开,铰链吱吱响。我凝神扫视阴暗的屋子,心里一沉。墙面因厚厚一层油烟混合物而变得污黑,树枝穿过客厅窗户的破玻璃趁势生长到屋内,地面是由未经上釉、高低不平的红陶土瓦拼砌而成。

屋里最具有现代气息的便是每个房间里悬吊在铁丝衣架上落满尘垢的15瓦灯泡。起码,浴室里有一个现代的陶瓷水槽,配备着一根S形排水管。一拧开水龙头,我的鞋子就湿透了。那根奇特的S形排水管把水排到了地上。

小邝静静地看着我。我勉强挤出一丝无力的笑容,这让我回忆起二年级时鼓起勇气到当地的一间鬼屋的历险,回来之后对我同学也是这么笑的。当然,凌风楼公寓并没有命案发生,不过我还没带苏珊·玛丽来看呢。哪怕我稍有入住的念头,她说不定就不会放过我。

这间公寓空置了1年,后院里杂草丛生,树木参差生长,还有邻居从楼上扔下的垃圾。然而,尽管有这些缺点,那里背靠群山,面临大海,这般风景是百万美元都买不到的。这么一个地方,我能稍加整修——譬如翻新地板、墙面、天花板、门窗、线路和管道等。

令小邝也令我如释重负的是,苏比我还喜欢这个地方,督促我赶紧着手整修新家(其实我才刚刚忙完招待所公寓的整修)。

整整两个月里,我每星期有六个晚上都在马不停蹄地清洁打扫、粉刷、整修各个角落,从陶土瓦地面上扫出来的尘垢装满了三个粗麻布袋。我用油灰刮刀刮掉厨房、饭厅和客厅墙面上因常年使用油锅加之通风不良而积聚下来的那层厚厚的黑油烟。之前招待所公寓的整修已经花了不少钱,我们的预算较为紧张,于是,我便包揽一切粗活,缩减成本。我自己布电线、接管道,铺地毯,用篮子把混凝土和沙子挑上山坡。几位年老的邻居见状,看不过去:"小潘,你是教授。让工人干这些活。"

然而,除了节约开支以外,我的节俭和体力劳作还有一个好处。为了整修凌峰楼的公寓,我前前后后苦干了两个月,但在这之前,厦大领导似乎一直以为我的钱多得花不完——尤其是我请求将自己的工资减半来匹配中国教授的待遇后。但在我们搬进新公寓之后,外事办问我在住处整修上支出了多少。

"多少钱都没关系,"我说,"我答应过会自己全额承担的。没问题的。"

"我们只是好奇问问。"他们说。他们坚持一直问,虽然我也搞不懂为什么。最后我终于告诉他们所有的花费刚刚超过900美金(按他们的生活水平也算是一大笔钱了)。厦大坚持要为我报销一半,"很遗憾,由于预算紧张,我们无法为你们全额报销,不过报销一半还是可以的。"

他们的诚意比那笔钱款更让我感动——不过我还是拿了那笔钱!

山坡上的公寓整修完毕之后,我们对外部也做了景观美化。我们建了一座公共花园,里面有一个中式的亭子、一挂五米高的瀑布和一洼鱼塘,还有十几种植物、花卉和果树。

掰开阿司匹林

搬到凌峰楼公寓之后,我们去香港买了一台烤箱和一台美式冰箱。下船之后,厦门海关居然让我打开行李做"特殊检查",我挺吃惊的。那时,海关人员已经听说过我们了。他们对我们有什么怀疑吗?

他们拆开一罐未开封的速溶咖啡,闻一闻,甚至还打开了一瓶阿司

第四章 凌峰楼公寓——山顶的小房子
1990年3月至1993年12月

匹林，把一颗药丸掰成两半，分别检查了一下。我没说什么，但显然他们确实对我有所怀疑，令我心生忧虑。

我看着他们把我们细心打包的行李物品全部翻出来检查，此时，一位主管向我走来，轻声说道："潘教授，非常抱歉，但我们的领导今天来视察，看我们有没有认真工作。如果我们这样仔细检查其他人的行李，多数人都会不高兴的，不过，我们觉得您不会介意吧？这真的帮了我们一个大忙。"

检查英文书是特别棘手的问题。中国禁止色情、政治倾向不正确或对社会有危害的书籍，不过，没有多少海关人员能读懂英文。由于我们携带了几十本书，一位官员最后说："您知道什么是允许的，而什么是不允许的。我们相信您会遵守规定的。"

令我高兴的是，那是海关最后一次打开我的行李检查了。当然，我也从来不曾辜负他们的信任。

我们的爱，

比尔、苏和儿子们
1990年4月6日

27

东方三博士①——中国的送礼礼仪

亲爱的斯蒂芬、比阿特丽斯：

我们希望洛杉矶那里一切都好，也很开心吉迪恩正考虑来访厦门。他对航天学感兴趣，而厦大是"中国现代航空的摇篮"（我心想，有大学研究中国古代航空学吗？），这一点他也许会有兴趣知悉。

这个月的话题是你们海外华侨非常熟悉的——送礼。

从东方来的几位贤士向刚降生的耶稣献上礼物，他们兴许就是来自中国，原因有二：一、中国就是最东方了，没法再往东了；二、中国人将"馈赠"升华，使之成为一种艺术形式。

在中国的第一个圣诞节期间，老院长送了一辆玩具电动车给我们的两个儿子，那至少花费了他一个星期的工资。两个月后的中国新年，一位教师给我们的儿子各派了一个红包，里面塞了100元人民币——那是他半个月的薪水。我起初还对"送礼"在中国究竟有多重要心存疑惑，直到在《现代汉语初学者课程》的第38课里读到这句话："如果临时受到邀请要去一位中国朋友的家里作客，合适的回答是：'不过我们什么礼物都没带。'"

---

① 东方三博士（Magi），又称为东方三贤士（Three Wise Men），是西方节庆圣经中的人物。据《圣经·马太福音》记载，在耶稣基督出生时，有三位博士在东方看见伯利恒方向的天空上有一颗大星，于是便跟着它来到了耶稣基督的出生地。因为他们带来黄金、乳香、没药，所以有人称他们为"东方三博士"。在很多地方，东方三博士在圣诞节期间甚至替代了圣诞老人的角色。

第四章　凌峰楼公寓——山顶的小房子
1990年3月至1993年12月

中国各地区的送礼礼仪都不尽相同。西藏人民习惯献上寓意祝福的"哈达"——一条白色的丝巾；海南岛人民会在客人肩上放一串花环。而在厦门，最常见的礼物则是一袋水果或者一盒当地的乌龙茶叶。

厦门人送礼"避奇就偶"。要是送药酒，一定得是两瓶，绝不能是1瓶或3瓶；要是送铁观音茶叶，可以是4盒，绝不能是3盒或5盒。而且，礼物一定要恭敬地双手递上，收礼人也要双手接礼物。

美国人即使送廉价的礼物或者一张卡片，都不会觉得过意不去，因为心意最重要。但在中国就不一样了，面子就是一切。一份小小的或微不足道的礼物或许比完全不送礼物还糟。礼物越大，双方就都越有面子。

我们家门口的地毯上曾经突然出现过不同客人送的45斤香蕉、27斤龙岩烤花生、14斤新鲜捕捉的鱼、4打新鲜出炉的自制炸春卷等。我们推辞过，说45斤香蕉来不及吃完就会坏掉，但不管用。最后，我们要么连着几天不消停地狂吃香蕉，要么赶紧跑一趟中国同事的家，把香蕉、茶叶、香菇干货或新鲜鱼作为二手礼物转送出去。他们或许也会转送给别人，但不管一路到了谁手上，总得有人把45斤香蕉解决掉。

牛肉在哪里？

有过一些棘手的经历后，我们方才摸清中国人送礼的门道。刚搬入中国教授的宿舍不久，苏珊烤了一些巧克力蛋糕。吃过巧克力的厦门人不多，所以苏给隔壁邻居送了几块蛋糕品尝。那位老奶奶很惊讶，连连向她道谢，然后礼貌地慢慢关上门。第二天大清早，她轻轻地敲我们的门，把满满一盘生牛肉推到苏的面前，说："给你的！"接着急忙离去，没有理会苏珊的推辞。

"这可真不好，比尔，"她说，"她没必要这么做的。"

"这挺好的，苏。"我反驳道，"一斤牛肉比两块蛋糕贵多了。如果我们把蛋糕分给所有邻居，就能省下不少买食物的钱了。"

收礼比送礼贵重

我们学会了要谨慎送礼，因为一旦接受了我们的好心赠予，对方无论能否承担得起，都会强迫自己回礼。对于收礼，他们有时会有更多的讲究。但从整体来看，我依然认为中国人就是《圣经》里提及的东方贤士——当他们回馈家庭和祖国时，更是如此。

回馈祖国

一贫如洗的海外华侨在非洲地区和亚洲殖民地区的矿山和农田辛苦劳作或者在美国修建铁路，总会把他们微薄收入的大部分寄回家乡给远在中国的家人。当有数以百万的人这样做，这些微薄的回馈便积少成多，让中国勉强维持，熬过在枪口威胁下因西方鸦片贸易而被榨干的一个世纪。

有一些劳动者，就像农民出身的厦大校主陈嘉庚，发展成为工业巨头后向中国捐献了数百万元。即使是今天，不论政治派别如何，海外华侨每年依然汇上百万元回家乡，不止给大陆的亲戚，还捐给地方政府兴办学校、发展大学教育、开办孤儿院、修建马路等。

中国人，不论富裕还是贫穷，都非常慷慨大方。住在附近棚屋的一位泥瓦匠，固然地位卑微，但当他听说我的岳父岳母准备从美国来访探望时，给我送了5斤新鲜捕获的鱼。一位退休的残疾校园工人常常将他菜园里种的新鲜蔬菜送给我们，或者送些新的花卉盆栽来点缀我们的庭院。就在昨天，一位年长的邻居为我们送来了他亲手种的两个木瓜。有一次，大家得知我需要一台石磨来磨小麦做面包，我的农民朋友们便前去农村的采石场，不久后我们就收到了石磨，而且不止1台，而是3台。

这些朋友并不求回报。他们的付出皆出于友情。譬如，自行车修理工虽然贫穷，却反复把一句话挂在嘴边："小事一桩。等你遇到了真正的问题再付钱给我吧。"而这个人的全部家当不过是一间落满灰尘的小店，面积不过3平方米。小店的墙上用钉子挂满了涂了润滑油的自行车链条

第四章　凌峰楼公寓——山顶的小房子
1990年3月至1993年12月

和链轮齿、轮圈、轮胎和内胎、自行车车座和脚踏。而仅有的家具是两张竹凳子（一张给自己坐，一张给客人坐）和一张脚凳，偶尔兼作茶桌，上面摆着他那套廉价的茶具。每次我顺道拜访他，他都会摆出来泡茶给我喝。修理我那辆破旧自行车赚的小钱还抵不过他招待我喝茶所花的钱。

中国人总是抱着奉献精神馈赠家族及近邻，北京力求拓宽这种馈赠所惠及的范围，推行各项计划来鼓励较为富裕的城市人援助那些较为贫困、人数庞大得多的农村同胞。例如，"希望工程"让中国城市人可以资助农村儿童的教育，还有"手拉手"计划，让城市儿童与农村儿童结成伙伴，相互写信和交换礼物。

或许有一天，你们和在我们家乡的朋友们也能设法提供帮助。

有时间就给我们写信吧。

比尔、苏和儿子们
1990年4月17日

老潘有话说

我和苏通过"希望工程"帮助了12个孩子，之后，我们努力援助福建山城龙岩的孤儿教育计划。让我们诧异的是，龙岩政府拒绝了我们的援助。我们花了将近一年才获得许可，听说我就是申请与中国人领取同等薪水的那位疯狂外国教授后，他们的态度便缓和下来。我们帮助了几十个孤儿，而我们后来遇到一位赚得"百万身家"的保姆，她提供的帮助却惠及了成千上万人，后面的信件里会讲到她。

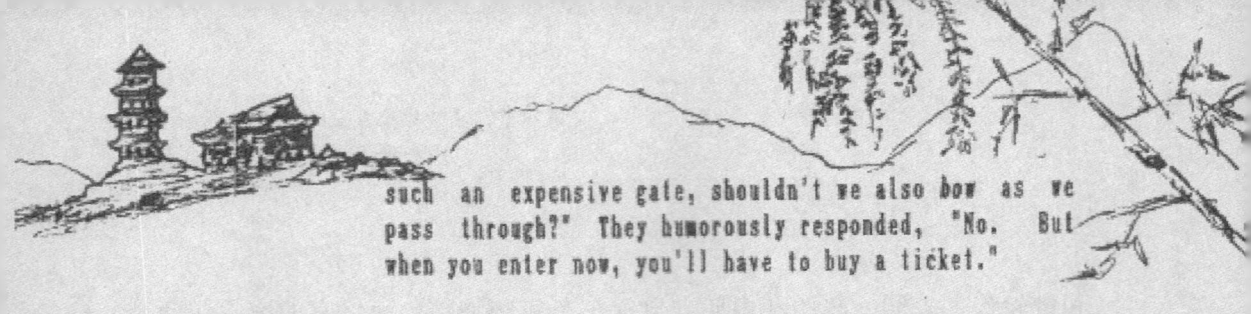

such an expensive gate, shouldn't we also bow as we pass through?" They humorously responded, "No. But when you enter now, you'll have to buy a ticket."

The gate is very wide, but I will continue to enter through the little gate near our side of campus, because wide is the gate that leads to administration; we'll enter the straight and narrow (narrow-minded?).

There is also a giant, beautiful new hostel built for Overseas Chinese by a wealthy Hong Kong Chinese. He made big bucks in China by publishing pornography—until he was kicked out. Now he's returning in style. Considering his past, I wonder if it will really be a hostel? Oh well, at least maybe it will have a good restaurant! But then...too many cooks spoil the brothel. I know I shouldn't joke about such things, but several students have been arrested for prostitution, so no telling where things might lead. The government does work hard in stamping out prostitution and pornography, which is second in importance only to stamping out feudal superstition, (religion), but "art" books and "photography" books in the government book stores that are chock full of color nude photographs. Those counters are always surrounded by youth standing 5 deep to get a glance.

Well...back to the university. They also built a gymnasium. It was built with funds from a rich Taiwanese. Work stopped for a long time because he didn't donate enough, then he was killed when he returned to Taiwan. At least he has an excuse for not contributing more. He's not a deadbeat. We were afraid the gym would be an *exercise in futility*, but it's finished now, and the main program during the 3 day celebration will be 3 nights of basketball games!

Sue went with the two boys to see the gym, but the gate guard (who had absolutely no authority!) said she couldn't go inside. After all, she might sneak photos of the state of the art basketball equipment and sell them to the West. Fortunately, a man who *did* have

第四章　凌峰楼公寓——山顶的小房子
1990年3月至1993年12月

28

走马看花

亲爱的雷、弗吉尼亚：

来自厦门的问候！住在"花园之州"佛罗里达的你们，应该比任何人都清楚"走马看花"是徒劳的。

我们已经逐渐适应了山坡上凌峰公寓的生活，但经历了洛杉矶7年的快节奏之后，如蜗牛爬行般缓慢的厦门生活让我们颇为震惊。很多人看似无所事事，却依然能获得报酬，这还多亏了铁饭碗。毛主席说："各尽所能，按需分配"。但我感觉，人们似乎忘记了这句话当中"各尽所能"这一方面。

然而有许多人，比如我们MBA中心的主任、教工同事和教授，日常的工作非常繁忙，跟美国人一样。确实，他们的午饭和午休时间长达3个小时，但他们也时常工作到深夜——有时一星期要工作六七天。

但中国人即使再忙碌，也会抛开手上所有的事情来招待客人。我们的院长是中国人耐性精神的典范（除了有一次我们因为缺乏MBA课本而发生过争执外）。我见过不同国家的许多人，但几乎没有人能像刘院长那般令我敬佩。他似乎总是同时兼顾六七件事，但无论多忙，只要有人上门拜访——不论是党委书记、教授或是大一新生——他都会暂时放下一切，邀他们进来，请他们喝茶、吃橙子，甚至是吃饭。几个小时后，当他们要离开时，他还竭力挽留——"不再多坐一会儿吗？"——因此耽误了时间，而不得不工作到凌晨5点。

不论对方的社会地位如何，院长都一视同仁，视礼貌待客高于一切。另外，我在最贫穷的农民身上（不论是在偏远农村种田的人，还是厦大的临时工）也见识过类似的耐性——以及慷慨大方。

我需要向院长学习。当然，我比大多数中国人都忙碌，因为我教授4门课，业余时间还要学中文。我从上午九点到下午五点半左右一直在办公室工作，中间没有午休。然而，面对那些看似游手好闲来打乱我繁忙日程的人，我着实感到不耐烦。MBA中心只有我一位外籍教师，每天都有人（时常是完全陌生的人）顺道拜访，慢慢喝茶，连续问几个小时的问题，没有一天例外。最后我想办法终止了这种现象。

最严重的时候，从大清早到深夜，陆续有访客（尤其是学生）拜访我的办公室和我们系。最无法忍受的是，曾有个学生在晚上11点带着女朋友过来，要求我帮忙修改一篇翻译。"我找到了一份笔译工作，这是我的译文初稿，请帮我确保英语完美无误。"

我想说那是他自己的事，不是我的事，但我试着像中国人一样表现出耐性。"好吧，把文章留下吧，我修改完之后会给你的。"

那位学生说："我很抱歉，但您需要现在就改，因为明天早上8点我必须交给我的新老板。"

我忍着没说什么，以免他在他女朋友面前丢面子。两个小时后我帮他完成了他的任务，此时我决定不能再照东方的习惯来了，于是告诉他："现在是午夜1点，而我上午8点有课……往后，请提前电话预约，不要突然造访。"他脸红了，结结巴巴道了歉，然后离开了。从那以后他再也没来串门。

单枪匹马

第二天，我向学生们宣布了我的新规定："从今天起，如果你们需要

第四章 凌峰楼公寓——山顶的小房子
1990年3月至1993年12月

我的帮助，请在星期一到星期五上午九点到下午五点半期间来我的办公室。我午休时段也会在那里。另外，除非提前预约，否则请不要随意去我家，星期五晚上的每周聚会除外。"

"但是，我们上午和下午都有课。"一位学生抗议道。

"那就中午来。"

"但是我们需要睡午觉！""那就说明不是什么大问题了。去睡午觉吧。"

中国人和外国人都颇诧异于我如此强硬地表明态度。一星期后，一位省政府官员在下午1点打电话到我的办公室。我接电话时，他说："您真的不用睡午觉的，对吧？"

在中国，时间管理是关乎生存的问题，尽管无论我怎样努力向中国人解释，他们似乎都无法理解这个问题。那是因为他们是中国人，而我不是。中国人有13亿，而我只有一个人。即使是我在街上或公交上遇到的完全陌生的人——甚至是卖鸭蛋那位女士的亲戚的朋友——都会出现在校园里，问我在哪里工作或者住在哪里，然后提着45斤柚子或者活鸡作为礼物出现在我们家门口。接着，他们会期望我教他们英语，协助他们出国，把他们的孩子送入更好的学校，又或者给他们一万美元来买房子或者创业。丝毫不夸张。最后我决定"先放入大石块"。

石块和瓶子的故事

现在，我开始每学期和学生们分享"石块和瓶子的故事"。一位教授在瓶子里放满了大石块，问满了没，学生们回答"满了"。然后他加入碎石，问满了没，这回学生们回答"没有"。然后他加入沙子，"满了吗？""没有。"接着他加入水。"满了吗？"大部分人说"满了"，尽管一位化学系学生对此有争论。教授接着问："这告诉我们什么道理？"

其中的道理能彻底改变我们的生活态度，那便是"必须先放入大石块,因为如果你先加水、沙子和碎石,就腾不出空间放那些大石块了。"当然了,那些大石块就是重中之重的任务,小碎石就是可以迟些再做的事,沙子是该让别人代办的事,而水是该忽略的浪费时间的事。然而,要让这个"石块和瓶子的故事"真正发挥作用,必须首先辨别哪些是你的大石块。因此我设定了自己的首要任务和界线。我不想对所有人都有求必应却没有把这些事情做好,相反,我会选择做更少的事并把这些事都做得更好。我觉得,这条准则帮助我更好地履行丈夫、父亲和老师的责任。而由于日程安排固定,我确实学会稍微放慢脚步——"细嗅蔷薇"而不是走马看花。

请牢记这条法则吧,放慢脚步,细嗅蔷薇——有空给我们写信!

爱你们的,

比尔、苏和儿子们
1990年5月5日

老潘有话说

外国人对我的日程安排有所非议,而中国人却表示尊重,尽管他们并不完全理解我这么做的缘由。但我也确保所有人知道,假如确有紧急的事,他们可以随时找我。有一次一位中国朋友在半夜打电话给我,让我永远铭记那个凌晨3点的来电。他的妻子临产,他请我载她去鼓浪屿轮渡码头以乘船送她去医院。他们的儿子在几小时后出生了,我们一起看着这个小婴儿长大成为英俊小伙——那种年轻朝气,让我们在中国度过的30载都充满意义。

第四章　凌峰楼公寓——山顶的小房子
1990 年 3 月至 1993 年 12 月

29

中国的节日

亲爱的多萝西、布拉德、吉娜：

端午节临近，所以现在非常适合谈谈中国的各种节日。

我们在山坡上的公寓比以前的大一些，我们可以邀请中国朋友来家里过节——厦门确实有许多节日。节日多到让我觉得非节假日也值得庆祝一下。

在福建南部，我们不仅庆祝中国的传统节日，更将当地特色融入节日氛围中——譬如"博饼"使中秋节成为闽南地区最受人们期待的节庆，甚至超过中国新年。

中国人，尤其是年轻人，对西方节日的接纳度越来越高。商店里售卖的圣诞卡片会写上各种英文俗语，如："Santa Bless You!"（"圣诞老人保佑你"）我猜想，他们大概是从新街礼拜堂学到了这个神学概念。新街礼拜堂是中国最古老的新教教堂，曾将圣诞树、花环和巨型的塑料圣诞老人一直摆放到第二年夏天。

中国情人节

中国人热衷过情人节。来自偏远农村的一个女孩问我："您给妻子买花了吗？今天是个特别的日子，您知道的！"

商店和小摊都在售卖玫瑰、巧克力、情人节卡片，还有小巧的中国情侣塑像。走在街上会有小孩上前与我搭话："给您的女朋友买些花吧？"

一位学生对我说:"我们中国人学你们西方人过情人节。"

我回应:"13亿人都过吗?不太可能吧?"

由于情人节在中国很受欢迎,有些生意人便开始宣传"七夕节"(又称"女儿节""七七节"等)是中国本土的情人节。关于七夕的记载,最早可追溯到2500多年前的一首诗,诗中记载了牛郎和织女的爱情故事,这一对情人如今化作天上的星星,分隔在银河两侧。他们一年只能相聚一次,每逢那一天,喜鹊便成群结队地飞来,横跨银河搭起鹊桥,他们便在鹊桥上相会。一些专家对此有不同意见(当然了,专家对任何事情都有不同意见)。他们认为,"七夕节"绝对不是情人节,它的本意是颂扬少女的纺织缝纫技巧。或许是吧——但是,现如今有多少女孩知晓缝纫技巧,更别提纺织了!另有些专家则抱怨说,模仿情人节有损七夕的文化内涵,使之演变成通俗文化。他们呼吁:"拯救中国传统!"我完全赞成要拯救中国传统。世界各地的传统都日渐消亡,着实令人惋惜。但鉴于中国的传统和节日正受到迅速侵蚀,尤其年轻人对此越发不重视,我认为给古老节日注入些许新的生命力也未尝不是件好事。

话说回来,如果继续保留七夕的传统,把它当作做针线活儿妇女的节日,我就可以省下一笔买玫瑰和巧克力的钱了——为传统欢呼三声吧。

中国新年或春节

春节是中国最具节庆气氛的节日,但在厦门则并非如此,因为别具特色的博饼使厦门的中秋节比春节还喜庆。我从未在中国新年期间出游,因为那时,所有的公交、飞机、卡车和船只上都挤满了带着礼物回乡过节的乘客。

在除夕夜前一晚,家家户户会备好各式甜食:熟红枣、甜瓜、糕点、花生糖等等。在农村地区以及未设禁令的城市,人们会燃放鞭炮驱

第四章 凌峰楼公寓——山顶的小房子
1990年3月至1993年12月

赶鬼怪，赶走那头每逢大年初一便挨门串户残害生灵的"年"兽。

厦门的大街小巷里，家家户户都在门两侧贴上了红底金字的春联，（有些春联上还印有米老鼠的卡通图案），春联上写着传统的祝语，寄语新的一年吉祥如意。常见的春联包括：

"集贸财源茂　市场生意长"

农历正月十五是元宵节。我们的两个儿子很喜欢参观中山公园的花灯展，也提着用电池供电的塑料灯笼到处游玩。

传说，元宵节当晚，年轻女子会在夜色中徘徊，去赏花灯或去偷拔菜，祈求觅得意中人出嫁。适龄的小姑娘会掷筊[①]，朝吉利的方向走，直到遇见一个人，记住那个人所说的第一个字，然后问算命先生那个字是否吉利，由此判断她那一年能否出嫁，抑或是明年再多拔些菜。

端午节（龙舟节）

农历五月初五是端午节，台湾地区称为"重午节"，而厦门则称之为"五日节"。直到今天，仍有一些人会在门口插艾草、在地上洒酒、在孩子身上别护身符，以求驱挡恶灵。当天也是晾晒衣物被褥、打扫家居的好日子。人们还会吃粽子——用竹叶包裹的糯米团。端午节最受瞩目的当属一年一度在集美龙舟池举行的国际龙舟赛。我曾见过一幅2000年历史的龙舟赛水墨画，看起来和现今的龙舟赛简直一模一样！

中国有三个传统节日是与生灵鬼怪了结恩怨的日子，端午节便是其一。健康、财富和战事由不同的神灵分管，而中国南部的河流湖泊如此之多，所以许多南方神灵都居于水下。人们把米和粽子掷入水中，以此祭祀饥饿的神灵、恶魔、鬼魂和水中蛟龙。亦有传说，粽子是用来祭祀

[①] 掷筊，也写作掷"珓"，一种普遍流行于南方的问卜形式。

投河自尽的一位中国古代诗人。

苏珊·玛丽很喜欢吃粽子，端午节之际找来吃最好不过了——有甜粽，也有肉粽。我喜欢素粽，但有位年轻的英国朋友说猪肉粽也属于素食，因为猪只以蔬菜为食。

好了，中国节日说得差不多了。真正了解这些节日的最好方式，就是你们亲自来过这些节日。所以来厦门看望我们吧。

我们的爱，

比尔、苏和儿子们
1990 年 6 月 21 日

第四章　凌峰楼公寓——山顶的小房子
1990年3月至1993年12月

30

喝茶请自便

亲爱的菲利普·山农、伊丽莎白·山农及家人：

在厦门问候你们，愿"流放"到香港的各位伦敦友人一切都好。我们新搬入的凌峰公寓，最好的一点是足够宽敞，能邀请客人来家里。每周五晚上，二三十名学生挤进我们的公寓，一起喝茶，练习英语或学唱英文歌。我也会给学生们讲一些美国文化知识，尽管另一个英国老师说我们美国根本没有文化可言。我们上次到访香港后，你们或许也有同样的感受吧！

我在花园里建了一座中式的亭子，还有一个水泥乒乓球台，上面罩了层塑料，是普通桌子的两倍大，足够让学生们围在一起包饺子（我最喜欢吃的），然后在鱼塘旁边架起大烤架煮饺子。我们可能吃了有上千个饺子，接着我会弹吉他，教学生唱一些西方歌曲。我们的花园是自己开辟的小小天堂——或者，正如我们的学生和邻居所说，是我们私人的"世外桃源"。

12个红灯笼悬挂在树枝上，更添欢乐气氛。一位学生跟我说，在电影《大红灯笼高高挂》里面，红灯笼挂在哪扇门前，就代表男主人公准备在哪一位妻妾房里过夜。"您有12个灯笼啊，潘教授！您应该多了解中国文化啊！"

作为回应，我又挂起两个灯笼，总共14个了——然后给他们上了一堂难忘的美国文化课。

喝茶请自便

中国人习惯以茶待客,而且绝不会用立顿茶包,一放就匆匆完事。中国的茶道是一门艺术,沏茶、品茶都要花时间,但无论有多忙碌,中国人都会抽出时间。一天傍晚,我顺道拜访刘院长,他给我沏茶,我们天南地北地聊了两个小时,他表现得十分悠闲自在,似乎有大把的时间。第二天,他的秘书告诉我,他通宵赶一份紧急报告到凌晨5点,而后上午8点去上班——但我拜访时他丝毫未暗示我打扰了他。中国人的殷勤好客可以说是数一数二的。然而,有时他们的客气又可能令人感到为难。

有一次,我到访一家旧式民居,24个人坐在竹板凳上,仔仔细细地分拣茶叶。我发誓,今后喝茶时,再也不会不以为然了。分拣,挑选出最细嫩、最上等的叶子,去除茶梗,整个过程枯燥繁琐。难以想象茶叶售价居然如此便宜,与一罐茶叶背后的辛苦劳动完全不成比例。

正当我举起相机拍照时,其中两位女士开始用当地方言互相叫嚷。身材较高的那位最后抓着较矮那位的衣领,高声地叫嚷着,把她拽出了楼房。两人更加激烈地争执了一会儿之后,较高的女士又跑进来抓起"受害人"的塑料人字拖、小塑料扇子,又与之推搡了一番,最后抓住她T恤衫的背部,洋洋得意地领着她沿街前行。要送去审判还是押去监禁呢?我朋友吴广明大笑着解释道:"高的那个人只是在邀请她的隔壁邻居一起吃午饭!中国人向来客气,她总得拒绝两三次吧——不过连我都没见过能到这种程度的!"

客气,客套的礼貌。我遇到这种场面很多次了,但也教我的硕士班学生千万不要把这种客气用在外国人身上。

我邀请了我在工商管理硕士课上的学生,星期五晚上到我们家一起

第四章　凌峰楼公寓——山顶的小房子
1990年3月至1993年12月

看电影。不过我事先警告了他们："你们一进我家，就是在美国，不是在中国，美国人习惯坦率直接！所以，如果我请你们喝饮料或者吃零食，别指望我问三四遍。干脆地说要或不要就好！"

那个周五傍晚天气酷热潮湿。爬上105级台阶到达我们的公寓时，我那32个学生全都汗流浃背，气喘吁吁。有一个人看上去快中暑了。我那些热得快脱水的学生一个个瘫坐在沙发上、椅子上、地上，我问他们："要喝点茶吗？"

"不用了！我们不想麻烦您！"——虽然他们面前已经有一整壶茶热腾腾地冒气了，他们还是这么说。

"你们确定吗？"我再问。

"不用了，太麻烦了。"班长说到，神情却有些犹豫。

"好吧。"我说。眼前32张脸垮了下去，我在他们面前给自己倒了一杯茶，小口啜饮起来。接下来一个小时里，我喝了三四杯，然后才说："我今天早上在班上告诉过你们，美国人习惯坦率直接。如果他们问你要不要某样东西，就爽快回答，他们是不会为了说服你而耗到天荒地老的。现在，我只再问一次——如果你们想喝茶，请举手。"

一下子有很多只手举起来。有些学生甚至举起双手做出投降的样子。"茶壶和杯子在那里，请自便。"我说。他们纷纷开始倒茶。

第二个星期的星期五晚上，我们家门口传来一阵欢快的笑声，工商管理硕士班的学生爽朗地喊道："教授你好啊，茶在哪里？"

传达给你们一家的爱，

比尔和苏
1991年10月13日

31 茶　道

亲爱的赫塔、沃尔夫冈：
在厦门问候你们！

这个月我们想说说茶——茶在英文中的名称"tea"，并非源自它的普通话发音"chá"，而是源自它的厦门方言发音"dei"。这说法很合理，因为福建是多种茶的故乡，包括乌龙茶、珍稀白茶、大红袍等——几十克大红袍的价格比我们公寓的租金还贵。

1607年，荷兰东印度公司将第一批茶叶从澳门运往欧洲，得意地将之命名为"武夷"——就像我那几个来自西弗吉尼亚的叔叔痛饮家酿威士忌酒之后发出的声音："唔咦——"。茶虽不如阿帕拉契亚美酒那么有后劲，但其中确实含有不少的咖啡因，所以中国古代的医师都会将其加到治疗阳痿、麻痹等各种病症的药方中。

尽管大约1000年前，福建才开始种植茶叶，但六大茶类当中有两类都由福建人发扬光大。一位台湾朋友送给我一小罐价值200美元的茶叶。我推辞说："给我就浪费了！我连可口可乐和百事可乐都喝不出区别，更别说在200美元1斤的上等茶叶和5毛1斤的本地茶叶之间分出高下。"

"你得学，"他争辩道，"学着像对待优质美酒那样品味茶香，抿一小口逗引味蕾，享受咽下之后嘴里浓郁的香气和余甘。"他以典雅的闽南茶道备茶，此为复杂精致的日本茶道之源，但相较而言简单许多。中国人

第四章 凌峰楼公寓——山顶的小房子
1990年3月至1993年12月

似乎在生活中的各个方面都讲究礼节，却又没有让繁琐礼仪毁掉他们享受佳肴、品茶的乐趣。

我的朋友双手端起小巧的闽南茶杯奉茶——这个小茶杯只比做针线活用的黏土顶针稍大一些，对于习惯点"超大杯"饮品及用双手捧着德国陶制啤酒杯喝酒的人来说，这样喝茶一点儿也不畅快。我恭敬地闻一闻茶香，然后一饮而尽，咂嘴表示："好茶！"。我那位台湾朋友无奈地叹了口气，或许正后悔浪费了这么好的茶叶在我这样毫无品位的朋友身上。所幸的是，我后来用这茶叶招待了那些懂得品茶的中国宾客。

论茶道

在武夷山上，在石雕弥勒大佛附近，坐落着武夷山最大的佛教名刹——天心永乐禅寺。该寺始建于唐朝（公元879年前后），是佛教"华胄八名山"之一。寺里的住持愉快地向我详细解说品茶的精神层次内涵，他首先用最简单的语言简要介绍了佛教中的等级，好让我这个不懂佛教文化的听众能听懂。

住持解释说，观音相当于拥有硕士学位，佛陀拥有博士学位，但还没有到达博士后的终极之觉悟。他也承认，观音不是真的有1000只手且每只手掌上有一只眼睛。"这只是为了说明观音能洞悉一切、无所不能，"他说，"假如她真的有1000只手、1000只眼，那不成怪物了吗！"接着，他认真地说起茶。

住持一边沏茶，一边解释："有些人分辨不出茶的优劣。"我还没来得及坦承自己就是其中之一，他就说道："那是因为那些人没有精神内涵。品茶只可意会，不可言传。重要的是人的内心。"

我很好奇，这位住持在星巴克喝饮料是否也能喝出精神内涵。但奇妙的是，连我都颇觉享受，兴许是他的这番话确实起了些许作用，又或者他的茶确属极品。或者，可能只是泡茶的水不同而已。富有经验的品茗者不仅能分辨茶的优劣，还能识水源。由于受到气候和水中矿物质含量变化的影响，茶的味道每年都不尽相同。而深山幽谷则是孕育极品好茶——大红袍的绝佳环境。

大红袍

关于"红袍"之名的由来，有许多版本的传说。其中一个传说是：一群猴子帮助天心寺里心地善良的僧人采摘最高枝上最优质的茶叶。这些猴子由皇帝饲养，因此穿着红袍，当它们叫嚷着在茶树丛中窜来窜去时，看上去就像一朵朵鲜艳的红花。还有一个传说是：被派去监督采茶工作的朝廷官员把身上的红袍脱下来挂在树上，亲自去采茶。

3株大红袍茶树起初自然生长在武夷山之顶，几百年前才滑落到目前所处的峭壁之上。除此以外的其他红袍茶树都是由这3株繁殖而成，称为"小红袍"。

这3株大红袍由泉水滋润，从未经过人工灌溉，其味道随着当年泉水中矿物质含量和气候状况的不同而有所不同，有时带有花香，有时则带着奶香。我还听说，小红袍几乎总是有微微的奶香，且随着茶树逐年成长，茶味也会改善（另外，海拔越高的茶树所产出的茶叶品质越好）。

好了，这个月说到这里也差不多了。下个月，我会给你们说说100年多前与加州帕萨迪纳共同号称当时"世界最富庶的1平方英里土地"的鼓浪屿——这可真是巧了，我们正是从帕萨迪纳搬到这里来的！

多给我们写信！

比尔、苏和儿子们
1992年2月17日

第四章 凌峰楼公寓——山顶的小房子
1990年3月至1993年12月

32

鼓浪屿——世界最富庶的1平方英里土地

亲爱的赫塔、沃尔夫同：

在厦门问候你们！第一次听你们谈及厦门大学时，我们根本没想到，我们会爱上厦门这个城市，而且连福建的其他地方也都很喜欢。但在福建各地游览探索过后，我们发现，中国最引人入胜的地方之一就是离厦门港仅10分钟船程的袖珍小岛——鼓浪屿。如果说厦门是中国的"海上花园"，那鼓浪屿便是厦门皇冠上的明珠。800年前始有人定居于此。

古代的居民常被这杳无人迹的荒岛中传出的怪异的鼓声吓得胆战心惊。他们不确定是岛上的鬼魂还是台湾的食人族在作怪。终于，他们发现，鼓声实际上是涨潮时潮水拍打岛屿西南端的一块空心礁石而发出的声响——故名"鼓浪屿"。

那块鼓浪石如今沉寂了，而鼓浪屿却因其苍翠繁茂的热带花园景致、丰富的音乐与文化遗产、逾千幢殖民时期厦门装饰风格的别墅楼房而吸引了无数观光游客。

鼓浪屿上曲折的巷子蜿蜒在绿树成荫的山坡上，巷子两旁是高墙花园，都是20世纪初鼓浪屿全盛时期兴建的上千幢古老而典雅的宅第。我尽情享受眼前优美的风景和慵懒的宁静，几乎能够想象出往昔繁荣富裕的景象。彼时，这座懒洋洋的岛屿是公共租界，到处是包着头巾的尼泊尔廓尔喀族警察、14个国家的政要、中西方的巨贾，他们养尊处优，坐在华丽的轿子里，而抬轿子的侍从身穿制服并佩戴着绣有其雇主名字首字母的纹章。

1920年，哈钦森写道：鼓浪屿的富人比世界上任何其他地方都多，加州帕萨迪纳除外（巧的是，我们就是从帕萨迪纳移居到这里的）。往昔的富裕已经不复存在，但丰富的多国遗产得以留存。

在从荷兰殖民者手中收复台湾之前，郑成功曾在这片面积狭小的鼓浪屿上为明朝背水一战。一个世纪前，这座小岛屿的公共租界容纳了当时世界上最强大的贸易公司和14个国家的领事馆。

鼓浪屿是"中国新教之发源地"，中国首个新教传教会和医疗工作在此开展。鼓浪屿不仅是世界最富庶的1平方英里土地，由于在此创办的教育机构有20多家，它还是人才辈出之地，在医学、妇女教育，到体育、科学、天文学、文学、艺术和音乐等各个领域都对现代中国有深远的影响。

鼓浪屿被称为"音乐之岛"和"钢琴之岛"。岛上五分之一的家庭拥有钢琴，人均钢琴拥有率居中国之最，还拥有亚洲最大的钢琴博物馆。鼓浪屿诞生了上百位著名音乐家，包括全球知名的钢琴家殷承宗。著名文学家林语堂和画家周廷旭也曾住在这座小岛上，周廷旭是首位获得奥运会奖牌的华人，虽然他当时在英国求学，代表英国篮球队参赛。

鼓浪屿虽小，却能获得如此成功，皆因厦门人数百年来都以思想开明、勇于接纳新观念著称。1000年以来，许多厦门人远赴海外寻求财富，而留在家乡的那些人则与国内外的人做生意。

19世纪40年代，第一次鸦片战争迫使中国打开了国门，而在那之

第四章　凌峰楼公寓——山顶的小房子
1990年3月至1993年12月

前，由于在其他国家的许多中国人都来自厦门或台湾地区，与之打交道的外国商人和传教士便学会了当地的方言。于是中国开埠之后，他们首先就来到厦门。也正因如此，厦门拥有中国第一批传教所、教会医院和教堂，开创了众多领域的教育的先河。

鼓浪屿在史上之所以能繁荣发展，是因为遍观中国，唯有在这里，中国人和外国人可以共同合作而不是互相对抗。虽然在鼓浪屿上建立公共租界的目的是保护外国人的鸦片贸易，但当时富裕的中国商人也借此发挥了自身的优势。

我和苏去过鼓浪屿几十次了。这里不仅有教育意义，环境也十分宁静，因为轿车和自行车都禁止通行。鼓浪屿的一位英国籍居民曾描写20年代的交通：

> 鼓浪屿上没有轮式交通；没有马，没有自行车，没有黄包车。人们用人力抬轿子，手推独轮车，肩挑扁担。因而，这里的道路寂静而狭窄，沿着山坡起伏，两旁是高墙花园。除了从面向厦门港的船只滑台处延伸出来的街道，鼓浪屿上就只剩下人们赤足负重行走时脚掌敏捷而沉闷的"啪啪"声，木屐拖行踩地的"橐橐"声，以及永不休止的海浪声。
> 　　埃夫丽尔·麦肯齐-格里夫（Averil Mackenzie-Grieve，
> 　　　　　　英国籍鼓浪屿居民，20世纪20年代）

除了多家博物馆以外，小岛上有超过1000幢厦门装饰风格的宅第，其中包括尼克松曾入住一晚的别墅。许多宅第正在修缮，但要完全修缮则是一项不可能完成的任务,因为没有任何一个政府能提供足够的资金来修葺一度成为"世界最富庶的1平方英里土地"上的每一幢别墅。

来厦门看望我们吧!

比尔和苏

1992年3月13日

老潘有话说

"我是鼓浪屿的女儿,我常常在梦中回到故乡的大海边,那海面真辽阔,那海水真蓝,真美。"

——现代中国妇产科奠基人林巧稚医生

鼓浪屿,现已列入联合国教科文组织世界文化遗产名录,曾两度成为中国春节期间第一大旅游目的地。尽管不再是"世界最富庶的1平方英里土地",但这座美丽而小巧的岛屿用历史证明了最能让中国和世界受益的是合作,而非冲突。

第四章　凌峰楼公寓——山顶的小房子
1990 年 3 月至 1993 年 12 月

㉝

厦门民俗禁忌

亲爱的凯西、布鲁斯：

来自厦门的问候！我告诉厦门的一位朋友说，你虽为美国人，却是在新中国成立前在北京出生的，而且接生的医生恰好是厦门大名鼎鼎的林巧稚医生。她很惊讶呢！作为厦门人，她肯定知晓厦门的很多民俗禁忌，这也是我这个月想跟你们分享的。

"潘教授，不要把鱼翻过来！"留我吃晚饭的主人说道，"渔船会翻的！"他拿起我的筷子，小心地从鱼骨头底下夹起一些鱼肉。

"我还以为党员都是无神论者，不会迷信的。"我说。

"我们不是迷信，"他应答道，然后咧嘴笑了，"不过就怕万一啊。"

我们一直很诧异中国至今竟还流传着如此多的民俗禁忌——尤其是在福建南部。就连不同的颜色也可能代表着我们绝对想不到的意义。

在中国，红色不仅象征着共产主义，还代表吉利好运，所以，中国人会在礼物的上方放一张红纸，新年之际在水煮蛋上点一个红点（早些年，水煮蛋是逢年过节才能吃到的美食），用红缎带装饰婚车。19 世纪 50 年代，外国人曾经描写过，厦门军队甚至会在大炮上绑红丝带。

看到中国新娘在婚礼上身穿红色礼服时，我们大为震惊。在西方，白色婚纱象征着纯净和贞洁；对于中国人来说，丧服才应当是白色的——虽然我确实看过福建西北部的中国人身穿黑色丧服。那里的村长说，他们信仰佛教的一个宗派，相信他们死去的朋友会到美好的"西方极乐世界"。

中国人知道我是在猴年出生之后，告诉我说，我每逢"猴年"都应该全年穿红色内衣裤和红袜子！"你在猴年要么行大运，要么倒大霉。红色贴身衣物会帮你转运，带来好运气。"

在中国新年，小孩子会收到装有现金的红包，不过，就连这个简单明了的习俗都有地区差异。有些人说未婚的人士可以只收红包，不用发红包。而在台湾，则通常是学生给老师送红包。或许，我的学生也可以试试接纳这个台湾风俗？

福建南部的一些民俗禁忌

福建南部的中国人既有中国人共同的民俗禁忌，又有其独特的民俗禁忌，包括：

1. 用手指指人时绝不能用中指。
2. 不要在客人面前扫地，不然他们会以为你要赶他们走。
3. 在婚宴上摔坏碗盘餐具是很不吉利的。
4. 招待客人吃饭时不能上六道菜。因为在清朝，死刑犯在临行刑前会有六道菜吃。
5. 不要将筷子横放在碗口上，以防渔船搁浅。
6. 一双筷子长短不一，代表会赶不上一班船、飞机或者火车。
7. 不要将筷子竖插在米饭上，因为这看起来像在焚香祭拜。
8. 掉筷子总会招来坏运气。

闽南谚语

在闽南地区，我常听到很多有趣的谚语。这些谚语如果不加以学习了解，还真是令人一头雾水。

第四章　凌峰楼公寓——山顶的小房子
1990年3月至1993年12月

1. "七月半鸭毋知影死活"（七月半的鸭子，不知死活）。形容一个人搞不清祸端将至。

2. "肉乎人甲；骨头毋乎人克"（愿意让人吃肉，而不愿意让人啃骨头）。表示小事不计较，大事不糊涂。

3. "铺面蚵无浸水"（把浸过水的海蛎铺在表面）。喻指行业的潜规则。

4. "钻入雨伞下"（钻到别人伞下避雨）。通过牺牲或麻烦他人而获取自身利益。

5. "坐人船，要人船快"（当你是他人船上的乘客时，则希望船快速行驶；当你与他人合作时，你希望他能取得成功）。形容大家同坐一条船上，荣辱与共。

6. "无准梁，无准柱"（作为房梁太大，作为柱子又太小）。形容某人或某事物不适用。

7. "田饿吸水"（贫瘠的土地会吸收大量的水分）。表示身材苗条的人反而吃得多，债务会耗尽所有收益。

8. "外头挣，外头用"。外地赚的钱外地花。

9. "走贼遇着虎"（走贼遇到虎）。形容跳出了油锅，却掉进了火坑，即逃脱了小的灾难，却遇到更大的灾难。

10. "不入虎穴，焉得虎子"。比喻不经历风险，就不会取得成功。

死要葬在泉州

福建泉州还有一句非常流行的谚语："生要生在苏杭二州，死要葬在福建泉州。"

说到丧葬的事，《厦门日报》的两位记者曾问我，退休之后是否会留在厦门。我说，我会一直待在厦门，直到他们把我埋在这里。而他们说："我们不用土葬的，我们用火葬。"

"对，我知道，"我说。"不过不要把我的骨灰放在丑陋的骨灰瓮里好吗，把我放到咖啡罐里，而且一定要无咖啡因的咖啡罐，不然我就一直睡不着了。"

凯西、布鲁斯，这封信就写到这里了——下个月会告诉你们，为什么在中国课堂上，沉默未必是金。来看望我们吧！

诚挚问候，

比尔和苏

1992 年 4 月 7 日

第四章　凌峰楼公寓——山顶的小房子
1990年3月至1993年12月

34

如果沉默不是金

亲爱的凯西、布鲁斯：

希望你们和女儿们一切都好。这个月，我想说说中国的教育——与美国教育真的大不相同。

"赞同的人请举手！"我对硕士班学生说道。没有人给任何反应。

"那不赞同的人举手！"还是没反应。

"那还活着、有呼吸的人举手一下？"一些人难为情地扫视四周，但就是没人敢举手，也没人敢打破自小学以来一直保持的沉默。

沉默未必是金。

有的外籍老师将中国学生的沉默误解为漠不关心。其实，在中国古代，儒生们上课时就是静静地坐在教书先生跟前听课，这种教育风格沿袭至今，几乎没有改变，而现在这些安静的学生便是这一传统教育风格不可避免的产物。中国学生上课时就和美国孩童用餐时一样，往往只见其人不闻其声。他们不问问题，也不回答问题，倘若要开口，那一定是背诵课文。儒生的人生目标多是通过科举考试，而现代中国年轻人同样也只有一个目标：顺利通过高考上大学。

小学是为中学作铺垫的6年填鸭式教育；中学是为高考做充分的准备；而大学的课程安排也非常制式化，学生只修那些能够保证他们4年课业结束时领到毕业证书的课程。不会多选，也不会少选。并非他们没有课余兴趣,而是他们承担不起。我的一位硕士班学生抱怨选修课的选择太少,但一位同学反驳:"我们当然有选修课,是必选的选修课。"

课堂选修课寥寥无几,图书馆没能鼓励学生课外学习。大学生处于思维成型时期,需要在较长的一段时间内进行持续研究和保持专注,但图书馆开放时段有限,加上午餐和午休时间长,时间变得支离破碎,对学生不利。我们学院阅览室的开放时间比图书馆还要少。阅览室唯一的管理员频频外出办差事,导致阅览室多半时间没有开门。我连着几个星期去都吃了闭门羹,终于明白为什么学生常去唱歌消遣而不去阅览室看书。

口头像思维一样沉默。就连锻炼外语口语能力,都试图采用不开口的方式,仿佛这和其他科目一样——通过潜移默化地吸收理解和死记硬背就能掌握。厦大的一位法语老师透露,中国学生学语法比欧洲学生快得多,短短3年便能把法语学得不错,但她夸奖之余又补充道:

"他们机械地读、写。他们似乎没有'感受'这门语言,做不到灵活地运用词汇和结构,所以不会创作。我给他们布置作业,其中一半的学生的作文都非常相似,不止是想法,连表达方式都很像。"

正如古代的儒生,现代学生在学习上也反映了社会、学校的要求,最重要的还有家长的要求。在旧中国,子孙满堂是确保老有所终和老有所安的关键。而在新中国,家长不得不把全部希望寄托在独生子女身上,于是,课堂取代了田地,成了未来所在。然而,孩童在书山中耕耘的时间比父辈在田地间耕种的时间还多。

哪怕是6岁孩童,每天都要用3到4个小时做家庭作业,而且一星期每天都如此,于是,放松嬉戏的时间变成了一种遥不可及的奢侈品。我搭建了一间树屋供两个儿子和邻居的孩子游戏玩乐,一位中国同事却埋怨:"干吗费这个功夫?6到8年之后,你的两个儿子长大了,就不适

第四章 凌峰楼公寓——山顶的小房子
1990年3月至1993年12月

合他们玩了。况且,如果让他们玩,他们就不愿意做作业了。"

创造力和童年乐趣都受到抑制,确实产生了负面影响。我那些沉默的硕士班学生用默不作声证明了这一点,"只工作,不玩耍,聪明孩子也变傻",尤其是如此度过了16年光阴的孩子们。

在这方面推行改革是不太可能的。家长对此抱怨,但不专心于中规中矩的学业是有风险的,没人敢拿自己孩子的或者自己的将来去冒险。而且,没有学校会愿意拿自身的声誉和地位去冒险,更别说冒着影响学生考试成绩的风险来激怒家长。出路在哪里?

中国教育界的一些人士在西方的进步主义教育当中看到另一种选择,虽然我强烈批判中国教育,但仍希望劝中国勿要因小失大。尽管中国教育存在缺陷,但确实是有优点的,反观西方教育,不论在思想上多进步,在实践方面却时常显得很落后。

进步主义教育将阅读、写作和算术(3R)视为不重要的能力。这种教育以学生为中心,而不是以知识为中心,"进步主义"教育者所追求的不是教授知识,而是向学生传授自行学习知识的技能。然而,美国人是否有将秘传的学习技能学以致用呢?

17岁的美国青少年中至少有61%的人无法读懂高中课文[1],21岁的美国人当中有80%无法理解大学课本。[2] 数学能力也同样欠缺。美国《新闻周刊》[3]的报道揭示,美国八年级学生当中有一半的人在五年级数学测验中只能勉强及格,并且进一步警醒人们:

"甚至有令人信服的证据表明,(美国)中小学生升入越高年级,数

---

[1] 霍华德·津恩. 美国人民史. 纽约:朗文出版社,1980:109.
[2] 读写能力:美国年轻成人侧写. 新泽西:普林斯顿大学出版社,1987.
[3] 惨淡的成绩单. 新闻周刊. 1991-6-17.

学能力落后的程度越大……十二年级学生当中仅有 46% 能够解答七年级数学题,而仅有 5% 能够解答微积分预备课程的题目。"

在有 8000 名 17 岁美国学生参加的一次历史与文学考试中,三分之一的学生无法确定"我们认为下面这些真理是不言而喻的:人人生而平等……"这句话的出处。只有一半的学生知道约翰·肯尼迪说过:"美国同胞们,不要问国家能为你们做些什么,而要问你们能为国家做些什么。"三分之一的学生不知道《独立宣言》是在 1750 年至 1800 年期间签署的。三分之二的学生没能将美国内战的发生时间定位在 1850—1900 年之间。二分之一的学生没能说出第一次世界大战是在哪个 50 年区间发生的。

连半文盲都能看出这是不祥之兆,许多人承认教育失败。到了 1988 年,美国的辍学率攀升到 28.5%,而日本的辍学率仅为 5%,苏联则为 2%。①成年人当中几乎没有人运用进步主义教育的"学习技巧"来弥补自身的无知。44% 的美国成年人一年的阅读量甚至不到一本。②

文盲率的上升对美国的工业发展来说并不是好兆头。1980 年的人口普查结果显示,在美国的汽车工业中心底特律,100 万成年人当中有 20 万人是文盲。③《美国新闻与世界报道》指出,"目前在职的员工当中,有五分之一的人未达到八年级阅读水平。"④戈登·埃施利曼警示人们:

---

① 年度学校记分牌. 今日美国. 1988-2-26:5.
② 基于达美高广告公司的调查. 今日美国. 1986-5-13:1.
③ 我们梦想着一种生活,却过着另一种生活. 国际商业周刊. 1990-7-16.
④ 美国新闻与世界报道. 1991-6-3.

第四章　凌峰楼公寓——山顶的小房子
1990 年 3 月至 1993 年 12 月

> ……由于学科训练不足，美国在化学、生物、物理、工程等专业领域缺乏受过专业训练的人才，缺口超过 50 万。一切过往和现时的经验都证明了，一个国家最宝贵的资产并非资本或者自然资源，而是人才资源。①

美国典型的应对方式（针对相应问题投入大量资金）以失败告终。为协助文盲成年人群体，联邦和州政府每年对已经是全球规模最大的教育预算追加投入 3 亿美元。即便如此，这一数字仍远远不及美国公司每年为初级员工提高数学和阅读能力投入的 250 亿美元，然而，收效甚微。1987 年，纽约电话公司试图招募新员工，在 22,880 名申请者当中，有 84% 未能通过初级考试。②

因此，来到美国的第一代亚洲人（其祖国至今依然强调扎实的知识基础）能在美国教育的各项测试中取得最高的分数，便一点也不足为奇。令人惊讶的是，第二代和第三代亚裔美国人作为进步主义教育的产物，不可阻挡地融入了他们那些有创造力但对基础知识"一窍不通"的美国同学当中。③

我衷心赞赏进步主义教育一直致力于培养创造力，但正如爱默生④所主张的，"屋基的阔度，决定尖顶的高度。"即使如爱默生这样天资过人，也需要将思想播种在数个世纪以来的知识累积中才能开花结果，更

---

① 我们梦想着一种生活，却过着另一种生活. 今日美国. 1986-5-13: 1.
② 惨淡的成绩单. 新闻周刊. 1991-6-17.
③ 商业周刊. 1992-5-11.
④ 拉尔夫·沃尔多·爱默生（1803~1882），美国思想家、文学家、诗人。

不用说资质相对平凡的人要培养创造力了。若轻视我们的学术知识遗产，则等同要白费力气做重复工作——通常也没法达到尽善尽美。

中国学生虽有缺点，但至少具备扎实的基础来建造起中国的顶峰。世界银行前任首席经济师劳伦斯·萨默斯曾说过："比起在纽约市出生的孩子，在上海出生的孩子更有可能……具备文化素养，更有可能具备高中毕业的文化水平。"

美国的教育工作者最好能以中国为榜样，重新回归到培养阅读、写作、算术能力，否则后代子孙恐怕只能建起空中楼阁，只能空想却无法付诸实践。

中国也要向美国学习，从死板的教学中解脱出来，因为学术知识是一种手段，而非最终目的，假如中国不让她的建造者具备展望未来的能力，即使拥有最优质的基础也只能枉费。

这个月的分享就到这里吧。传达我们的爱，

比尔、苏和儿子们
1992 年 5 月 19 日

第四章　凌峰楼公寓——山顶的小房子
1990 年 3 月至 1993 年 12 月

㉟

福建省首位获得绿卡的外国人

亲爱的丹、瑞贝卡：

在厦门问候我最喜欢的好莱坞制片人！我刚刚成为福建省首位获得永久居留权的外国人。这让我的许多朋友感到吃惊，他们误以为我已经放弃了美国国籍。我到现在为止还是美国人，但是我进出中国已经不需要签证了——我希望这可以向我的学生们传达我的态度。

1990 年代早期，一位女学生问我，"我希望可以去美国学习。美国太美了，我喜欢美国人，美国的大学太棒了。你能帮我去美国吗？"

那时候英语是头等大事，因为似乎大部分学生只有一个目标：去国外学习或工作。这一点很让人着急。"如果我们留在这里，潘教授，我们的工作单位会给我们分配工作，而这些工作和我们学的 MBA 一点关系都没有。我们在这里看不到未来"。

"要有耐心！"我补充道，"出于历史原因，全球金融重心正向亚洲转移。眼下确实艰难，但是未来属于中国，而不属于西方。中国在你们身上做了大量投资，把你们的聪明才智用在这里吧！""你说起来很容易，你可以随时离开，我们没办法。"

我和许多学生都有类似这样的对话，所以最终我决定申请永久居留权。永久居留权的好处是可以免去申请签证的麻烦，但是更重要的是——这可以传达我长期留在中国的决心。

没有"永久居留申请表"

事实证明,要获得永久居留权并不容易。据我所知,从700年前的元朝至今,福建省都没有永久居留的外国人。整个中国也就只有几十个获得永久居留权的外国人,而这些人都是1949年建国之前为中国作出巨大贡献的外国人。我没有这个资格,但是我还是提出了申请。"我没有钱,也没有丰富的经验,"我告诉一位政府官员,"但是我还能活几十年(我希望),这段时间里我可以教工商科——这是中国发展所需要的。"

"外国人不能申请永久居留权。"我在外事办工作的朋友说。

"我其实已经研究过了,"我说,"法律是允许的。"

"但是我们没有相应的申请表。"

"没问题,"我说,"我可以做一张!"

我打印了一张看起来像官方一样的文件,解释我希望获得永久居留权的原因,在上面签字并盖上我的中文印章,提交给厦门大学的官员,由他们转交给厦门市政府。之后就石沉大海了,在多次询问之后,我得知,我的申请在从厦门大学到北京的某个环节被拒绝了。

我重新填写了申请并再次提交,但是再次被拒绝了。因此我第3次提出申请。"你准备申请几次呢?"厦门大学的一位领导问道。

"直到批准为止。"我说。

"听起来你相当自信。"他说道。

"我其实一点也没信心。我钱不多,经验也不够丰富。但是中国需要工商科教育,我觉得自己在MBA专业的工作很有用,也很有必要。我只是一名教师,但是我竭尽全力——我想这还算有点价值吧。"

第3次申请没有被批准,但是我收到了一个电话。"北京的官员希望能够拜访您并讨论您的永久居民申请。"有进展了!虽然不是批准,但是

第四章 凌峰楼公寓——山顶的小房子
1990年3月至1993年12月

至少是向前进了一步。

北京来的官员50多岁左右，衣着干练，看起来受过良好教育，了解全球事务。他让我想起了1930年代的上海商人。他很机敏，但又平易近人、热情友善。他问了我许多有关我为什么要申请获得永久居留权的问题，同时还问了许多有关我的背景的问题，包括我在军队服役那几年的情况。当他得知我的父亲在军队服役了18年（其中11年都在参与反对亚洲共产主义的战争），并且我曾经是一名空军特别调查局（OSI）的情报员时，他说道："对于要在社会主义国家长期居留，您的背景很不寻常。"

"我没法决定我的背景，"我说道，"我很骄傲我为自己的祖国效力。但是战争并不是维持和平的唯一手段。我觉得在中国教授国际经济，帮助中国摆脱孤立，也同样是维持和平的一个方法，这对中国和美国都有好处。"

"宏大的目标。"他说道。

"算不上，"我回答，"我只是一名教师，但是只要我们每个人都做出一点点贡献，这就够了。"

永久居留申请就到这里吧！我知道我的申请会再次被拒绝。我并没有尽力做到政治正确。毫无疑问，他认为我的观念太右派了，即使对于外国人来说，其实我是太左派了。我一直不懂为什么我们应当被不加鉴别地划分成左派或者右派。我发现不管左派、右派，都各有好坏。

让我惊喜的是，周一早上，我收到了北京面试人员的电话。

他说："感谢您这几天的坦诚相见。请重新申请永久居留。我们这次会接受您的申请。"

我的第4次申请顺利通过了市政府和省政府的审核直达北京，此后不久，苏和我获邀出席在北京举行的永久居留身份颁发仪式。

虽然中国同事和学生对我获得永久居留身份都感到很高兴，但是一些美国人则为此感到气愤。我尽力向他们解释我这样做的原因，但是对于他们来说，事情非黑即白——中国是黑的，西方是白的。然而我了解得越多，就越发意识到，实际上存在很多灰色地带。东方和西方都有自己的问题。最终，我放弃解释。"你们做你们的，我做我的。"我说道。

让我更加痛苦的是，一些非常要好的朋友批评我争取永久居留身份，好像我背叛了自己的祖国一样。"我仍然是一名美国公民，"我说道，"但是我觉得我在这里可以有很多作为，为什么要离开呢？生命太过短暂，我们不应该浪费。"

好了，瑞贝卡，丹在拍摄纪录片时去过的国家比我要多得多——但是他还没来过厦门。下次让他带你一起来！

问候你们的家人，

比尔、苏和孩子们
1992年11月7日

老潘有话说

当我说"生命太过短暂，我们不应该浪费"时，我不知道这些话竟然会成真。事隔仅7年，我因为癌症的原因在香港一家医院住了两个月——这让我更加坚定了我的观点，即生命太过短暂，我们不应该浪费。实际上我们都不是任何国家的"永久"居民。

我也很高兴，我那些在1990年代早期跑到海外的许多学生已经回到中国，并在中国取得了很大的成功。我很欣慰我能够说："我早就告诉过你了！"

第四章　凌峰楼公寓——山顶的小房子
1990年3月至1993年12月

36

我投票了！（山高皇帝远）

亲爱的乔伊斯、格雷格：

在厦门问候你们。上个月，我不仅在厦门的一场地方选举中投了票，还在请愿书上收集了足够多的签名，让一位厦大教授成功入围候选人名单。你没想到中国有投票制吧？这个月，我想简要介绍中国古代和现代的民主制度。

> 在厦门，有一位传教士一直试图理解中国掌权者的本质，发现中国人远不是战战兢兢的保守派，而实际上是以自己的方式实行民主。皇帝和清朝官吏并非不受约制的独裁者，而是对相对有效的公众意见怀着审慎的敬畏……
>
> 《教务杂志》，1889年8月

我投票了！

我不仅投票了，还写了请愿书，让厦大的一位教授成功进入候选人名单。虽然他落选了，但至少上了候选人名单。令人颇感惊讶的是，厦门电视台居然派记者去拍摄我投票的画面。

成为永久居民之后，我体验了中国的投票制度，因为我想看看中国人是如何实践民主的。中国有句古话叫"山高皇帝远"，表示他们拥有相对的独立性,意思是如果皇帝盯着看,他们自然得跪拜、服从,但皇帝一扭头,他们就又能自主行事了。

不过在历史上,中国的地方政府确实有办法逐级影响到皇帝,正如当今社区一级的政府部门起码能对市政府施加些许影响,进而通过他们影响到省政府和中央政府。

在检验中国提名候选人和投票机制时,我发现,他们非常严肃地对待整个流程。民众仔细监督着每一步,负责人则将一个红色投票箱底朝天倒过来,向民众证明箱子是空的。我曾是好莱坞魔术城堡的专业成员,知道有什么方法可以神不知鬼不觉地往空箱子里放东西。也许中国人晓得读心术吧,那念头刚闪过我的脑海,在场的最高领导就绽出笑容,看着我说道:"里面没有兔子。"接着,他锁上箱子,为防止被撬锁(话说回来,我还留着我那套军用开锁工具),书记的两位年轻助手用胶水在箱子边缘贴上了长长的纸封条。这下连我也难办到了——不是完全不可能,不过有些棘手,尤其有人不间断监守着。

书记向投票的民众分发候选人名单,说明投票程序。我在选票上勾选我要选的候选人的姓名,然后将选票折叠起来以免其他人看到,虽然任何人都能猜到我投给了谁,因为这位候选人是我提名的。

我的候选人落选了,但至少他的名字出现在选票上了。后来事实证明,当选的那位教授也非常胜任。

如今,与历史上一贯的做法类似,晋升的官员通常会被调任到家乡以外的省份任职,这有助于最大限度地减少贪污腐败。中国自古就严格禁止官员在家乡任职,正因如此,北宋蔡襄(1012年—1067年)才能成为传奇人物,他主持修建了泉州的洛阳桥——中世纪时期世界上最长的石桥。

据说,蔡襄的母亲隐隐知道自己会是修建洛阳桥之人的母亲。当

第四章 凌峰楼公寓——山顶的小房子
1990年3月至1993年12月

时，洛阳桥是民众迫切需要修建的一座桥，许多人先后尝试修建，但均以失败告终，因为他们所建的桥基都经受不住潮水的猛烈冲击。

她的儿子蔡襄入朝为官。蔡襄设法让自己被分派回乡做官，以便着手修建那座桥，无奈当时的制度严禁官员回乡任职。因此，蔡襄巧施小计，让皇帝下令调他回乡。

蔡襄在皇帝的御花园里发现树下有一窝蚂蚁。于是，他用毛笔蘸蜂蜜，在树上写"蔡襄蔡襄，本府做官"。没多久，皇帝经过此处，惊讶地发现蚂蚁爬到树上排成文字，于是大声念出文字："蔡襄蔡襄，本府做官！"蔡襄恰好在旁边，当即叩谢皇恩浩荡。皇帝改口说所念字句并非他的本意，但蔡襄表示君无戏言，皇帝最后只好妥协应允。

蔡襄回到泉州任职，成功修建洛阳桥，应验了他母亲的预言。他进行了多项创新，例如，在桥墩底部采用船尾状的"筏型基础"，用以分散海浪冲击。另外，尽管是在1000年前，他已经将生物学应用于桥梁工程中：他首创了"种蛎固基法"，巧妙地利用活牡蛎的外壳（附着力强、繁殖速度快）将桥石牢牢地粘结为一个整体。那座桥至今依然矗立于海上。

好了，乔伊斯、格雷格，我本可以更详细讲讲中国的民主制度，还有福建的几座绝妙桥梁——不过，顺其自然等有机会再详说吧。

向你们一家致以亲切问候。有空就给我们写一两封信吧，不然我们的信箱该结蜘蛛网了。

比尔、苏和儿子们
1992年12月17日

37 中国政府"友谊奖"

亲爱的爸爸妈妈（儿子们的外公外婆）：

我们要给你们一份惊喜！9月份，厦大收到北京发来的传真，中国国务院总理李鹏将为我们颁发中国政府为外籍人士设立的最高奖项——"友谊奖"！我和苏将儿子托付给中国的一班老爷爷老奶奶照看（因为您二老不过来帮忙呀！），随即启程前往北京。

请安检吧！

我有时在想，不管是在厦门还是在洛杉矶，机场的金属探测仪到底是真的机器呢，还是装装样子的实物模型，只是用来给机场增添现代气息和安全感。哪怕乘客把身上的所有金属制品都取出来了（从零钱到牙套），那些仪器却依然会发出鸣响声。

不过，上一次我在厦门机场安检的时候，机场的安检人员是两位可爱的年轻女孩，她们一边欢快地微笑，一边上下挥动沉重的电子探测棒在乘客身上探测，看起来像女巫正在施法。她们轻拍检查乘客的背部、手臂和腿部，但她们实在招人喜爱，所以没有人会介意——至少，男士似乎都不介意。

"哇——免费按摩！"我走向那两位安检人员时说道。

"是您啊，潘教授！"她对我展露了中国人所谓的"倾国倾城笑容"。"我是厦大毕业的！往前走吧——不用对您安检了。"

第四章　凌峰楼公寓——山顶的小房子
1990年3月至1993年12月

"不怕一万，就怕万一啊！"我"抗议"着，但不管用。未安检直接通行后，我抓起刚刚通过 X 光检查的行包，搭上慢得让人昏昏欲睡的自动扶梯去"被动吸烟的候机厅"。

那些在前的，将要在后

在预计起飞时间前 10 分钟，我们从"被动吸烟区"逃脱出来，准备搭乘机场摆渡车登机。一位武警对我们逐一仔细检查，于是眼前 200 人像在排队等着盖邮戳一样，胳膊和腿一阵胡乱甩动，完全不像是准备要登上分配好座位的航班。我和苏等到最后才上飞机，另一位乘客说："你们两个很有耐性。"

"不是有耐性，"我说。"是有先见之明。第一个上飞机的被塞到最后面，就成了最后一个下飞机。"

或许这就是为什么基督会说："那些在前的，将要在后。"

摆渡车在一阵剧烈震动后停在飞机旁边，一群乘客急忙跑上云梯（显然，他们认为"先到先得，后来者得坐在翼尖吧"），之后才发现飞机门依然紧闭。一位警卫大喊了一声："停！"两位穿制服的女孩慢悠悠地走上来，有条不紊地检查我们的机票，这已经是办理登机手续以来的第 4 次检查了。

由于我们等到最后才上飞机，乘务员大喊道："赶紧！飞机准备起飞了。"仿佛延误起飞是我们的错一样。她的语气很像小型公交上的检票员，我甚至猜想机长会不会把飞机往前挪动一丁点，好招揽更多人登机。

不过，急也没有用。机舱过道堵得水泄不通，乘客把重量是限重标准三倍的行李硬塞入头顶的行李舱，结果可想而知。飞行途中有两个行李舱的舱门"砰"一声开了，里面的物品滑落下来砸到乘客的头上，那些乘客真是倒霉。

在北京，我们去了一家传统中国剧院，欣赏了各类歌舞、杂技、音乐等节目，还有让人倍感惊艳的月光舞，我们看到的只是女舞者在光亮的大满月前翩翩起舞的剪影。她的舞姿优美流畅，四肢的关节不见弯曲，像水银般流动自如。我几乎怀疑眼前的是不是真人，但最后聚光灯打在她身上，驱散了令人沉醉的幻觉。她微笑着，全场观众起立为她鼓掌喝彩。

令人难忘的一天要收尾了，我们在友谊商店里找到 Bud's 牌冰淇淋，更美妙的是找到了埃德姆干酪——这是我从小的"心头好"。我们买了 11 斤，要与无福品尝奶酪的厦门外国人分享，后来却发现干酪没有发酵好，发霉了。也许这是嫦娥登月带回来的绿乳酪①？

与总理共进晚宴

颁奖仪式在友谊宾馆的宴会厅举行，我作为外国人代表，进行了中英双语发言。之后，一群电视台和报社记者用连珠炮般的北京腔普通话采访我，却失望地发现，我的发言是经过反复排练的，所以显得中文很流利。他们慢慢散去，我感觉自己像是聚光灯下一个多余的人，但也称不上是完全败下阵来。在厦门的同事很激动地看到我们上了中央电视台晚间新闻，那几段采访剪辑得纯熟巧妙，没人会想到我当时的表现那么差。

这次令人感到煎熬的丢脸经历让我下决心回到厦门后要更加用功学习汉语——这个决心我保持了整整一个月左右。

当天晚上，我们在人民大会堂与李鹏总理会面。他谦逊地询问我们对中国是否有任何批评或建议，我们大部分人都微笑着没说什么。令人诧异的是，日本人不通世故地从几个方向批评了中国。李鹏总理面带笑

---

① 英文中有句俗谚，即月球是由绿乳酪组成的。绿乳酪是一种白色的未经完全发酵的乳酪。

容，大方地回应着，而我们这些洋鬼子则感到窘迫不已。亚洲人还说我们西方人轻率直接？

颁奖晚宴由江泽民主席和李鹏总理主持。尽管到场的人当中有外国高官政要，但宴席也只上了简单的4道菜肴——值得其他国家效仿的好榜样。

"不是请客吃饭"

在中式宴会上，通常会提供至少20道菜肴，但政府反腐败行动的其中一项内容就是反对用公费举办铺张奢侈的宴会，而造成资源的浪费。

李鹏总理设宴只摆出4道菜肴，是想以身作则。不过我始终很难相信，中国人向来习惯筵席上摆20道菜，如今竟能将就吃4道菜。我跟外事办的一位朋友说，我知道那4道菜只是为了给外国人留下印象，等我们一离场，他们就会拿出另外16道菜给中国人享用。他说："不是这样的！""只是开玩笑而已！"我回应道。有些幽默真是没法转化传递。连苏听了这一段也想揍我。

回家了

回家的感觉真好，两个儿子在厦门国际机场的接机大厅向我们招手，他们跟他们最喜爱的中国老爷爷——外事办的老黄——一起等我们。我们先前还担心孩子们能不能应对3天的别离，其实他们完全不想念我们。

有这样一个大家庭真好啊！

爱你们的，

比尔、苏、想念外公外婆的两个孩子
1993年9月17日

38
"洋鬼子"和"洋朋友"

亲爱的梅·李：

我这个美国鬼子向住在加州的你们一家致以诚挚问候！所幸，时至今日，很少有中国人这么称呼我们，但有一次，一位老爷爷很认真地这么叫了。值得高兴的是，我们还成了朋友。

"你从哪里来？"在乡下晃悠时，有时会遇到中国人这么问。

"我是美国鬼子。"我说。

询问的人，无论是农民或是警察，店员或是士兵，通常应声而笑，也有些人会纠正我："如今已经没有美国鬼子了！只有美国朋友！"

中国人的宽待精神令我赞叹。对他们而言，西方国家长达一个世纪的占领以及鸦片贸易所带来的恐慌和屈辱基本上已成过往。现今，我们不再是洋鬼子而是朋友。虽然仍有一些中国人会嘀咕"日本鬼子"之类的，但那是老一辈人的说法，年轻人不这么说。

1988年以来，中国的年轻一代似乎崇尚西方的事物，而近期，日本的各种事物都颇受青睐。许多中国人在学校学日文，频繁光顾日式餐厅和寿司店，听日本流行歌曲。他们也会在家里、花园里挂上日式纸灯笼，精心打造微型的日式禅庭。年轻人越欣赏日本的事物，便也越难理解老一辈人内心挥之不去的悲痛。他们的祖辈当中有许多都亲历抗战时期日本的暴行，因此留下终身不可磨灭的心灵创伤。但值得中日两国人

第四章 凌峰楼公寓——山顶的小房子
1990年3月至1993年12月

民庆幸的是，厦门有像小林一家这样的日本家庭。

小林夫妇育有两女，他们抛下了日本的安逸生活，来到厦门教授日文。这对夫妇既喜欢也欣赏中国人，并对日本在战时的暴行真诚道歉（尽管我不知道他们是如何了解到这些事情的，因为日本的历史书中并无讲述）。这对夫妇逐渐赢得了中国学生和同事的喜爱与尊敬。一直以来，他们为中日友谊之桥所做的贡献虽微小却极为宝贵，就连他们身边那些上了年纪的中国朋友现在也转变了对日本人民的看法。然而，友谊的基础依然容易动摇。

第二次世界大战期间，由于日本国内新闻媒体对播报内容审查严格，导致大多数日本国内民众对其国家军队在海外的种种暴行一无所知。现今，一些日本极端主义者正在争取改写并粉饰日本历史。许多中国人则担忧此类修正主义背后的动机。如果想取得长久的和平与友谊，一味地否认历史是行不通的，应该相互对话和调解——这一点是我在福建的一个偏远村庄里学到的。

一位年老的店员朝我叫嚷："洋鬼子！"

"你好，'中国鬼子'！"我回话。这种反驳通常会引来惊讶和笑声，但这次没有！

"不存在中国鬼子！"那个人喊道，"那些恶行都是你们外国人干的，不是我们！"

之前，我很少遇到中国人有如此大的敌意。更糟的是，那天天气闷热潮湿，我带着一身疲倦，心情暴躁。于是，我语带讽刺地回嘴："什么恶行？我们犯了很多恶行啊！"

那个男人开始劈头盖脸细数我们的罪行："鸦片战争！火烧圆明园！还有——"

"——这都是恶行，"我承认，"但那些都是150年前的事。跟我一点关系也没有，和我的父母、祖父母也没有关系。中国曾发生过'文化大革命'，你也是那个年代的人，我是不是应该咒骂你？"

那个人张口结舌地看着我，嘴巴一开一合，却没发出声音，仿佛是广东厨师刀下待杀的草鱼。我的内心却感到不安，懊悔自己没谨记《圣经》箴言"温和的回答平息烈怒"。

我还在自责，那个人却露齿笑了，说："你说得对。我从来没有那样想过！"我深深地松了一口气。这个人就是张爷爷，他后来请我进屋喝茶，我们聊了很长时间。那一天结束时，我又多了一位朋友。

煽动者可能会严厉呵斥洋鬼子，但我们终究都只是人，有很多东西都需要从以往的过错中学习，也有很多东西要从彼此身上学习。希望有一天，我们能充分了解彼此，摒弃我们那些根深蒂固且容易传播的固有印象和以偏概全的认知。这是因为，当涉及人，不管是"老外"还是"老内"，任何的笼统概括都是不对的——当然，这一条除外。

好了，你最喜欢的美国鬼子就写到这里了。给我们写信吧，梅·李！

亲切问候，

比尔、苏和儿子们
1993年12月21日

厦门的一条主要街道（1989年）

潘维廉在获得永久居住权（"绿卡"）授予大会上（1992年）

同事们到潘维廉的公寓做客（1993年）

八十天环游中国

身家百万的保姆

厦门获荷兰人青睐

千禧年是我的"世界末日"吗?

Chapter

5

第五章

对中国和
厦门风土人情的探索

1994 年至今

39

八十天环游中国（Ⅰ）

亲爱的安吉拉、阿特：

在厦门问候在亚特兰大的各位！阿特老是说："放胆去做！"嗯，今年夏天我们真的做了——期间有好几次都希望我们没有这样做。我们驾车到西藏，再穿过戈壁沙漠返回。

我们最近一次自驾两万公里环游福建和中国东南部之旅结束后，我花了好几个星期来改装那辆"丰小田"，为西藏之行做准备。我架起一张木床、一张折叠桌（能变身充当另一张床），还有一些书架，上面放置我们3个月自驾旅行期间孩子们的课堂学习材料。在大床下的储藏空间里，我们塞了180斤干粮和罐头食品，因为我们不确定在路上能否随时买到食物。不过还是失策了。除了在西藏，我们所到之处都能找到不错的食物，结果把180斤食品原封不动地拉回厦大。

一个星期五的凌晨4点，孩子们还在睡梦中，我们便坐上载满物品的面包车下山出了大学校门。

我们以65km/h的车速行驶在厦门新建的六车道公路上，相比起平时25km/h的速度，可说是很舒畅了，可惜好景不长。开到新建的苜蓿叶式立交桥上时，我不得不急踩刹车，然后慢慢靠近路边，这才发现立交桥还没完工，道路截断处离地面足有9米高。路边倒着一块木板，上面用粉笔潦草地写了几个字，这就是唯一的警示语。

第五章　对中国和厦门风土人情的探索
1994 年至今

我们穿过厦门岛的堤道，沿着海岸线向北行驶，经过马可·波罗笔下所描写的老泉州港以及省会福州，在一个小镇度过了一个宁静闲适的夜晚。我们只花了 9 美元就订到当地一家新装修酒店的两居室套房。显然，他们还不熟悉旅游业的行情。到了黎明，我们继续驾车往北，沿着道路蜿蜒前行，绕过一座座高山，穿过福建深邃的丛林峡谷，经过一片片梯田，其间散布着村庄、庙宇，还有一些尖顶教堂，颇有"亚洲新英格兰"的气息。

我们花了 3 天时间到达毗邻的浙江省，向内陆开往丽水（字面意思是"美丽的水"）。这个名字很是恰当。在这座小城的郊区，我们把车停在河畔的沙洲上，河流闪烁着微光，泛出印第安部落纳瓦霍人佩戴的珠宝绿松石般的色泽。我们蹚入河中，收集亮绿色、红色和紫色的鹅卵石。腼腆的农民赤着脚，带着鲜艳的头巾，身穿灰蓝色裤子和上衣，在一旁困惑地看了我们一会儿，然后他们也开始在河床中收集挑选鹅卵石。当他们把收集到的翠绿色光滑小石块送给我们时，我还以为他们要开价售卖，结果并非如此。他们不知道我们为什么想要那些不值钱的石头，不过想帮我们一把而已。

一天驾行 15 个小时后，我们精疲力竭，终于瞥见河对岸的杭州。这么近又那么远。虽然前后有 6 个人为我们指路，但我们依然花了两个小时才走完最后的 5 公里。

时代的标识

中国缺少交通标识，哪怕在主干道上也是如此，于是山农和马修使着指南针，我研究着地图，而苏则凭直觉，大家一起猜测方向。这招在郊外很有效，因为那里通常最多只有两条路可供选择，但在市区却行不通，因为市区里有单行道和死胡同。

问题是负责设立标识的当地人根本不需要标识，所以也就不会在这方面费心。他们确实象征性地设置了一些标识，指明通往偏僻小镇的方向，但外地人从来没听说过也没兴趣去这些小镇。加上当地人已经知道怎么去这些小镇，这些标识真的毫无用处。等我们确实看到标识了，却发现它们指的方向通常是错的。在毗邻西藏的四川省的偏远山区，"前方弯道危险"这样的警示标识，被当地人另作他用，在上面写上"木柴！"或者"此处吃饭！"毕竟，当地人已经知道前方有弯道，这条道路也不会通往其他地方。

没有方向

问路也是一大问题，因为没人会承认自己不懂路。为了不丢脸面，不管知不知道，他们都会指往一个方向。我们总是询问两三个人之后从中找出相同的答案，但即使是这样，有好几回还是令我们震惊。内蒙古人指路将我们带离似有强盗出没的沙漠地带，而四川人指路则让我们耽误了3天的行程，因为我们顺着他们指的路没能去往云南，而是折回了西藏。

一年之前，第一次驾着丰田车环游福建省时，我的一位中国朋友问南平当地人我们酒店的具体方位。他指向了左边，但我提醒我的朋友："问问别人。他糊弄人呢。"

"你怎么知道？"和我同车的人用怀疑的语气问道。

"因为他犹豫了，往左右两边都看了一眼才回答的。你没玩过扑克牌吗？"

果然，酒店是在右边，不在左边。

迷上杭州

中国有句老话："上有天堂，下有苏杭！"。杭州，曾被马可·波罗誉为世界上最了不起的城市，是汇聚了各式园林、湖泊、森林的胜地。

第五章 对中国和厦门风土人情的探索
1994 年至今

1994 年时，杭州可能是中国最干净的城市。我在街上问了一个人："杭州游客这么多，你们是怎么让城市保持干净的呢？"

他笑了："如果我们把杭州当成垃圾场一样对待，那么游客也会这样做。但如果我们把自己的家乡保持得很干净，游客也会跟着这么做的。"

我们最喜欢的景点是丝绸博物馆，里面陈列着古今各式丝绸，还附有各种丝织技术的详细说明。我先前都不知晓原来蚕有这么多种类。令我讶异的是，它们不仅食桑树叶，还食橡树叶、桑橙树叶和莴苣叶。

数千年以来，中国一直视丝绸如珍宝。西安半坡遗址考古发现，6000 多年前的手工艺人用丝绸来设计陶碗上的印花图案。在苏州吴兴县，考古学家挖掘出 4700 多年以前的人字形图案丝腰带和丝线。早在 3000 年前的商朝，桑蚕就已经发展成为重要产业。当时，皇帝还特别指派一名官员来监管蚕丝生产，并且向蚕神供奉 3 头牛或者 6 头羊，祈求蚕茧丰产丰收。

桑蚕生产技术在现代科技的推动下已有巨大改进。以前，养蚕人会在蚕匾上贴猫的画像来吓跑老鼠。如今，他们播放猫叫声录音，大概效果能更好。

在杭州待了 3 天后，我们开车沿着一条马路蜿蜒北上，那条路像是缠绕着莫干山山坡匍匐前行的一条黑蛇。树林和灌木丛在温和的微风间摇曳，十分宜人，难怪在新中国成立前，有钱的外国殖民者会纷纷从炎热的平原来到这里避暑，使莫干山一度成为热门的度假胜地。

广袤的竹林覆盖着群山，竹子密集得仿如在风中飘荡的绿色羽毛。不过，当我们驾车沿着马路从高耸的竹子底下穿过时，竹林俨然变成了庄严的大教堂，这是一条充满生命力的隧道，似无尽头，隧道的那一端闪耀着一种近乎超自然的光芒。

我们沿着弯曲的道路缓缓前行，沿途密密的竹林间点缀着一些村庄，风光有如瑞士一般迷人，村庄里的住宅用木瓦砌成的，木制阳台用雕刻图案装饰，坐落在远处的高山峡谷之中。我本可以在莫干山上度过一个愉快的夏天，不过我们的行程已经滞后，只得短暂逗留，便匆匆赶路前往大运河。

大运河

我们从休养胜地莫干山下来，重新进入平原地带，顺着大运河开往苏州。大运河全长近1800公里，十分繁忙，至今依然穿梭着数百艘"水上列车"——船身较低的混凝土驳船，起码十艘船连成一列，在航道中往返运送建材、煤炭、谷物、农作物等货物。

一些古代城市，诸如西方的意大利罗马、英国伦敦、埃及亚历山大，中国的西安、杭州、南京和北京，之所以能够昌盛发展，皆因靠近河流。但中国古代劳动人民的想法更进一步。尽管有天然的大川大河连接着中国的10个省份，但这些水路主要是东西向的。从事南北贸易的商人就没这么幸运了。因此，中国人自己开辟了南北向的河道。

公元前5世纪，中国开始修建规模巨大的南北运河系统，这不仅能促进交通运输，还能灌溉田地，扩大粮食生产，满足当时迅速增长的人口需求。修建工程持续了1800年，最终全长近1800公里。

运河的修建工程断断续续，但在隋朝（公元581年—618年）达到了鼎盛时期。运河建造者竭尽所能地利用现有的河流湖泊，用七段运河将它们连接起来。

即使到了今天，中国人依然遵循传统做法，在马路和运河的两侧进行绿化种植。在新修的马路、公路、运河、河渠还没完工之前，一班工人就忙着在两侧、中央分隔带上种下几百棵树。几百棵古老而美丽的树

第五章　对中国和厦门风土人情的探索
1994 年至今

因施工遭到毁坏，取而代之的是这些小树苗，但从长远来看，这么做肯定会产生赏心悦目的审美效果。这就是中国人看待事物的角度——长远的角度，而且是十分长远。

虽然中国的伐木工人在砍伐松树或冬青叶栎的时候可能显得毫不留情，但是他们几乎从未挖起一棵榕树或者橡树，即使是修建干道公路时也会为之让步。他们会从旁绕过这些树，并非出于对树的迷信敬畏，而是完全出于对古老生命的尊重。看到一条六车道公路为大树绕行，我感觉耳目一新。不过那些弯道本可以修得稍微缓一点，以 95km/h 的车速开着车，突然间，为了绕开一棵 500 年树龄的榕树，公路来了个 70 度大拐弯，这还真让我有点措手不及。

好了，我的纸张又用完了。下个月给你们好好讲讲另外一些有趣的故事。

向你们日趋壮大的家庭传达我们的爱，

比尔和苏
1994 年 10 月 11 日

老潘有话说

令我高兴的是，2017 年 6 月，厦门政府采纳了我所拟的英文旅游口号 "Enjoy ♥ Amoy!"（意为 "享受厦门！"）。

而在 2016 年，厦门航空就采纳了我所拟的英文口号 "New Horizons With XIAMENAIR"（厦航陪你发现新世界）。不妨乘坐厦门航空，来享受厦门之旅吧！

40

八十天环游中国（Ⅱ）

亲爱的安吉拉、阿特：

希望你们在亚特兰大一切都好。这个月我会再讲讲我们自驾4万公里环游中国，一路到西藏再回来的经历。

微凉的空调

在中国，司机几乎不需要担心公路嗜睡，因为开车时需要不时避开突然冲出的路人、骑行者，以及猪牛鸡等动物，还有不顾安全的小马车车夫和卡车司机。而且，大运河风景看久了也显得单调。大运河十分宏伟壮观，但全程很长，"水上列车"纵然新奇，但见过60多艘后也不免失去了新鲜感。一路上畅通无阻，我都快睡着了，直到一位交警示意我停车，把我拉回了现实。他严厉地告诉我，我在禁止超车的区域违规超车了。但他给我口头警告后就放我走了，接着去应对他下令靠边停下的另外20几辆轿车和卡车。

因违规超车被交警拦下的车的数量比美国国家橄榄球联盟的犯规传球次数还多，这也不足为奇。因为像卡车、农用拖拉机等慢行车辆，本应该靠最右侧车道行驶，却无一例外地占用中间车道，仿佛以每小时50~80公里的超慢速度往前行驶。而驾驶汽车的人呢，要么一直尾随其后，要么违规超车。我有时甚至怀疑交警有没有"包庇"他们。我从未见过这些装了发动机的"蜗牛"被要求靠边停下，反而是一旦开车超过

第五章 对中国和厦门风土人情的探索
1994 年至今

他们,就违反了交规。

苏州河道纵横,素有"东方威尼斯"之称,把游览苏州的经历浓缩为一小段文字,着实可惜了。但我们去的时候天气实在酷热难熬,在苏州逗留的 3 天中印象最深刻的是苏州三星级酒店的空调,更准确地说,是算不上有空调。白天,房间里十分闷热,到了晚上,酒店则完全切断空调出风,服务员念叨着那句我们在火车上听过无数遍的话:"晚上吹空调不健康。"游览苏州的城市风光确实别有一番乐趣,见识到华丽的假山庭园、蜿蜒曲折的街道以及狭长的运河。但如此炎热的天气,我们只能忍受 3 天,就往北逃到了南京。岂料,逃离了"煎锅",却跳进了"火炉"。

南京之名的意思是"南方之都"。从公元 3 世纪到 1949 年期间,南京曾断断续续是中国多个朝代和王国的首都。我们很希望有更多时间能四处游览,但仅逗留了一天,因为当时还需好几个星期的路程才能到西藏,时间紧迫。

南京是一座庄严、整洁的城市,林荫道令人心旷神怡,古朴建筑与现代购物广场相互映衬,还有古典园林供人游览。这里还是世界知名的金陵神学院所在地,我们大致参观了一下,虽然当时是星期天,但四处都不见人影。

到了夜晚,南京着实焕发生机。四周的树林、灌木丛和建筑物都亮起了圣诞节灯串,中国各地全年都会亮着这种灯串,满是节庆气息。街道和夜市熙熙攘攘,商贩叫卖着进口牛仔裤和 T 恤、著名的南京雨花石和炸鸡等各式商品,还伴随着顾客与商贩的讨价还价声,热闹非凡。当然,还有被高温"烤干"的人。

南京是中国四大"火炉"之一。那时候气温高达 37 摄氏度以上,我们到达之前,据报道至少有 10 个人中暑身亡。我们在大学招待所住了一晚,那里的中央空调"呼哧呼哧"响,白天吹出微凉的风,晚上完全没风。接着,我们动身北上去"中国的巴伐利亚"青岛——期间绕道去了江苏省东海县,那里有中国最大的水晶市场。

东海县水晶市场

我们期盼着为我们的矿物收藏库再添珍宝,不过后来差点放弃了这个念头,因为我们发现面前是一条从稻田间穿行而过的坑坑洼洼的单车道泥路,而且还需驾行79公里才能到达东海县。经过一番思想斗争后,我们决定奋身一试,结果发现路途并没有想象中艰辛。行驶15公里之后,狭小的路面就拓宽成了双车道乡间道路,两旁风景优美、绿树成荫。

苏在路边摊买水果时引起了好一阵轰动。这些农民从未见过外国人,他们兴高采烈地与苏聊天,笑声连连。我们买了一袋卖相极好的杏子,他们却只收了很少的一点钱。苏觉得过意不去,想多付一些,他们却推辞——反而还往我们的袋子里多塞了几个杏子!毫不夸张地说,即便是最为贫穷的中国人,他们的慷慨大方也能让人自愧不如。

我们在东海县买了一些天然水晶。几个月后,当我们向厦大的一位教授展示这些水晶时,他却表示:"这些不可能是天然的!"他指着一个冰冻状发射光泉般的大块石英表面上突起的结晶,"石匠人工雕琢成这样子,哄你们去买的。"

"真的吗?"我把山农在海南岛的水晶采石场发掘的一块大石头拿给他看,"这是天然的吗?"

"是的,不过这只是一块石头!"

我把石英石翻到另一面,展露出完美的六方晶石英。

我那位同事倒吸了一口气,仔细端详着我们的水晶收藏品。这些水晶放置在玻璃之下,以黑色天鹅绒为背景陈列衬托,隐藏式荧光灯照明更呈现它们的光彩。"这些不是天然的,"他说,"而是超自然的!"

天然水晶具有优雅艺术之美,无与伦比——光彩夺目的粉红蔷薇辉

第五章 对中国和厦门风土人情的探索
1994 年至今

石、方解石晶体、有金属感的钢灰色辉锑矿晶体、立方体岩盐（不那么常见的调味盐），蓝、绿、紫罗兰色八面体萤石晶体，还有似翡翠的磷灰石晶体（磷灰石的英文为"apatite"，源自希腊语，意指"欺骗"，因这种结晶的颜色和形态容易让外行上当）。我最中意的是一种紫色石英——紫水晶。

我们收获了 45 斤多的结晶标本，心满意足地离开东海水晶市场，打算物色价格合理的酒店落脚，但当地的酒店显然习惯于接待可以报销费用的精英骨干。官员和商人能承担得起每晚 50 美元的房费，我们可承担不起——尤其是对外国人的收费价格要翻倍。大约凌晨两点，我们终于放弃寻找，把面包车停到卡车停车场，在车里过了一晚。

瞄准北方

黎明时分，我们驾车离开卡车停车场，沿着海岸线朝着山东省最东端的青岛进发，那里曾经是德国的殖民地。我们在一家殖民时期风格的宾馆里待了 3 天，颇像身处德国巴伐利亚的一隅。我们走遍不同海滩搜罗各式贝壳，也在小摊子和餐厅里品尝了正宗的山东饺子，这些店铺摊位被四周的巴伐利亚风格住宅和教堂簇拥着。而后我们再次上路，朝北京进发。

庆幸的是，通向北京的是一条禁止非机动车和行人通行的新建公路（尽管有不少农民会越过栏杆或者破坏铁网以横穿公路，或者向司机售卖瓜果）。这几乎是最好的公路了，几乎是。我在一块写有"出口，加油站！"的巨大标牌处减速，最后滑行停下来，发现前方是 6 米高的截断。这个标识挺好的，但是出口匝道还没建好。

青岛高速公路的通行费只要 55 元，挺便宜的。我们在 6 小时内行驶了 402 公里，比我们平时 10 到 12 小时平均行驶的路程还要多 96 公里。不过，我们没多久就离开了那段最好的公路，重新回到现实。山农拿出他的小指南针，瞄准北方，于是我们往通向北京的道路进发。

我们顺着一条绿树成荫的宁静乡村道路徐徐而下，黄昏时停靠在一家小型的军队宾馆前。那些士兵从未见过外国人一家子驾着丰田车，不过他们热情友好，房间条件也相当不错，还安装了窗机空调。我们仔细检查一遍空调之后才付押金。接着，我们一屁股坐在空调前的床上，享受着每一秒钟的凉风，但10分钟后，机器像早有预谋似的，一时"嘎嘎"地响，一时"噼里啪啦"地响，一时"呼哧呼哧"地响，最后完全停止运作。但是，这些是士兵，是专业的——可不是闹着玩的。军官负责人真诚地道歉并给我们换了房间。那是整个旅途中少有的几个睡得最踏实的夜晚之一。

穿越河北省的那条道路大部分是宽阔平坦的公路，中央分隔带长满了草，而两侧的自行车道绿树成荫——不过，通往天津的高速公路没有设置入口匝道。我猛地将面包车扎下路边，艰难地驶过泥地，从那些被淤泥埋到轮轴高的卡车旁经过。等到了泥地末端，一个滞留的卡车司机告诉我们，要上那条高速公路就只能重新爬上泥泞的路堤，由原路返回行驶半小时，到一个没标识的交叉路口。

要从泥流挪上去可比挪下来难得多，尤其是开着两轮驱动的面包车。耗了半小时才好不容易回到最上面。我按原路返回，找到了那个难找的交叉路口，向北走上天津环城公路。不过，环城公路上遇到的问题是要找到岔口。如果迷失方向，就可能一直兜圈子。我沿整条天津环城公路绕了两圈才看到通向京津公路的出口。值得说的是，那条道路的风景十分优美，能媲美美国的所有道路。

最后，我们终于到了美丽的北京环城公路，刚舒一口气——却发现道路因施工封锁了。所有的车辆都被迫绕道而行。我们在一条小路上缓慢行进，自行车和三轮车穿梭在小路上，沿路还有蔬菜水果摊贩，最后

第五章　对中国和厦门风土人情的探索
1994 年至今

到了一个死胡同。视线范围内都不见任何标识。花了两个小时才到达我们的酒店，而酒店距离我们下高速公路的位置只有三公里左右。

虽然道路施工带来不便，我们的第三趟北京之旅依然像前两次那样令人愉悦。我们再次到访最喜欢的景点——北京动物园、紫禁城、天安门、长城、天坛、芭斯罗缤 31 冰淇淋店（他们只有九种口味，不过谁会在意呢）、王府井游人如织的商店和书店，当然也少不了当时世界上最大的麦当劳。

没能待多久，我们就离开了北京，舍下种种舒适，朝着内蒙古的长城进发——还在戈壁沙漠遇到了成吉思汗的后代。

这个月的纸张又要用完了。在中国，自驾游确确实实是一场探险。

向全家人传达我们温暖的拥抱，

比尔和苏
1994 年 10 月 28 日

老潘有话说

那次旅行之后，我们想确保两个儿子像了解、尊重中国那样了解、尊重美国，于是在 1995 年，我们花 4 个月时间，驾驶 6 万 4 千多公里走遍了美国和加拿大。现在大儿子山农与他妻子米琪（她是厦门人）住在北京。小儿子马修与他妻子杰西卡、我们的孙女凯特住在美国阿肯色州。两岁大的凯特能用中文喊我爷爷，太可爱了！

41

身家百万的保姆

亲爱的安吉拉、阿特：

问候在乔治亚州的所有同伴们！阿特是我见过的最成功的企业家，我见证了他从一名中学教练变成亿万富豪。但是如果一个女孩从保姆变成百万富翁，创办生物科技公司和国际学校，在中国的贫困地区建立了1000所学校，你们会有何感想？你们将来一定要亲自来和这位杨英女士会面。

在我们自驾4万公里环游中国之后的第二年，我们自驾6万4千公里环游了美国和加拿大，因为我希望我的孩子们能够了解并同时热爱中国和美国。

回到中国之后，我们主要在福建省内旅行。由于有了桥梁和隧道，出行时间缩短，比如从厦门到武夷山的车程就从35小时大幅度缩减为7小时。我写了许多有关福建的书，也主持了超过400集有关福建的电视节目。我还收集了几百本旧书、几千张老照片和有着数百年历史的老地图和水墨画。我们在厦门大学的公寓就像一个小型的博物馆一样，一墙又一墙全是从中国各地收集来的书籍和工艺品。

但是正如我喜欢的历史一样，随着我认识了像杨英这样的企业家，福建现代化的一面让我更感到兴奋。这位没有受过教育的农村女孩从厦门大学教授的保姆变成拥有房地产公司、生物科技公司和教育机构（比

第五章　对中国和厦门风土人情的探索
1994年至今

如对厦门的战略发展具有战略意义的厦门国际学校）的富豪。

许多外国人，甚至一些中国人，将中国的快速发展完全归功于强有力的政策和北京自上而下的权威，但是如果没有好的跟随者，再好的领导都没有用。中国的强大源自于好的领导和政策，还有那些自下而上对中国的发展做出贡献的大量企业家，比如杨英女士，以及被誉为"在水上行走的人"的韦忠和、"用爱点亮世界"的贾强和教中国人如何品鉴优质茶业的肖文华。当你和这些人生活在一起时，你的人生怎么能不充满激情？

杨英女士——从保姆到百万富翁

历史上最好的一次投资是在1982年借30元给当时年仅19岁的杨英的母亲，让她的女儿买衣服和汽车票到厦门闯荡，那时厦门被辟为经济特区才两年。杨英当时的小心愿是能够一个月挣20元，其中10元她会寄回去给弟弟做学费。但是厦门当时还很穷，机会很少，而她只读到了四年级就辍学了，因此她一开始做厦大一名教授的保姆，月薪20元。如今，她受人景仰，是英才学校和厦门国际学校、厦门特宝生物工程股份有限公司和厦门与北京多家房地产公司的老板（她正在北京筹备成立第三家私立学校）。

杨英女士已经用几百万倍的回报偿还了最初借来的30元。她给同村400多位年满60岁的老人每人每月发放150元。她还捐资超过6000万元用作慈善，拨款3亿元建立100所希望小学。"但是我最大的心愿，"她说，"是建立一个骨髓库帮助那些患有白血病的中国儿童。"

中国白血病发病率为每100,000人3到4例，其中一半是儿童。杨英女士说："太多儿童死于白血病了，这本来都是可以避免的。只有20%的儿童获得救治，但是只要有骨髓的话，90%的儿童是可以被治愈的。"这项工程可能需要几亿元的投资，但是杨女士有信心，只要她带头启动的话，政府和企业都会参与进来。

自私待己，无私待人

厦门市教育委员会的邓先生、厦门国际学校副校长魏伟强和费菲（和我共同撰写介绍厦大图书的在校本科生）陪同我到杨女士家中对她进行采访。她随和的性格和幽默的谈吐让我们感到自在。她和平时一样穿休闲装，笑着对我们说："因为你们要来，我打扮了一下，还化了一些妆"。

从农民到富翁

杨英于1963年出生在平和县山格镇高示村（平和县也是林语堂的家乡）一个农民家庭，在家里五个孩子中排行老大。她的母亲只会讲方言，不懂普通话。父母都种地，杨英都是用破布当背巾把弟弟背在背上去上学，弟弟经常尿尿，导致她的背部发红肿痛。老师让她坐在门边，这样弟弟哭闹的时候她就可以到教室外，这种情况经常发生。杨英说："学习不容易，所以我的拼音水平很差。"

杨英四年级的时候就辍学到闷热的砖厂工作。她每天的收入是1元，她得用这些钱解决三餐。她经常挨饿，不仅仅是在工厂的时候，而且在厦大教授家做保姆时也一样。"老师们待我很公平，但是他们不知道农民长时间工作，饭量比坐办公室的人大。他们问我是不是吃饱了，但是我不好意思说没有，因为我吃的已经比他们多了。所以我经常挨饿。现在，我会确保我的员工不会挨饿。英才学校的食堂是非营利性的，价格是其他地方的一半。"

海蛎和鱼

雇佣杨英当保姆的厦大老师不允许他们的儿子喝软饮料，因此每天

第五章 对中国和厦门风土人情的探索
1994年至今

放学后,这个小孩就逼迫杨英给他买一瓶可乐,否则他就不自己爬6节楼梯回公寓。"这对我来说不容易,因为当时一个月只挣20元,但是我没有选择。我看市场上有人光卖海蛎一天就能挣8到10元!"

杨英希望能够找到一份能够让她吃饱穿暖的工作,所以她辞去了保姆的职务,开始卖海蛎,卖海蛎两天挣的钱就和她照顾那个迷恋可乐的小男孩一个月挣的钱一样多。但是,让她气馁的是,海蛎旺季在清明节(4月5日)之后就结束了。"我试着卖鱼干,但是我对鱼和对海蛎一样,完全不懂行。我买的鱼是用来喂猫的,不是给人吃的。当天我亏了10元,回家大哭了一场。"

杨英后来搬到了海沧。当时的海沧还是农村,她开始销售面条,在那里认识并嫁给了当时卖肉的老公。"他从太阳上山一直干到太阳下山,杀猪、宰猪、卖猪肉。这么辛苦,赚的钱却很少,所以我建议我们改行做批发。我们1986年搬到莲坂,建立了一家肉类合作社,很快包揽了厦门70%的肉类交易,但是生活很艰苦。"

虽然杨英已经是"老板"了,但是她每天从凌晨2:30一直工作到午夜。她和40多名工人一起生活在两间房间内,在泥水四溢臭气熏天的猪圈上搭了几块木板当床,背贴背挤着睡。"猪圈里点了好几排的蚊香,不要说蚊子了,人都会被蚊香熏死。我的朋友说,这种条件不是人住的——但是我们不得不这么做。"

杨英的辛劳终于开花结果,但是有钱也有有钱的麻烦。她的暴发户丈夫开始和小姑娘鬼混。最终,杨英和丈夫离婚,她只要了300万,其他的都留给了丈夫。1990年,杨英女士创办厦门聪英实业有限公司,进入商住地产行业。1993年,她创办了厦门英发经济发展有限公司,目光瞄准金融业。"那时候,机会到处都是,但是没有人有资金来利用这些机会。所以，1994年4月8日，我创办了信用合作社（厦门万达城市信用社），直到政府于1996年接管合并成商业银行。"此时，她已经拥有足够的资金和信誉来进一步扩展在房地产、教育和生物科技领域的业务。

对教育的担忧

杨英女士对教育一直都抱有很高的热情，同时对今天年轻人错误的教育观念感到担忧。"太多的年轻人认为自己受过高等教育，就凭这一点他们一走上工作岗位就应该月薪5000元。但是我认为'认真第一，聪明第二'。求职者如果太早提出待遇的问题，我是不会聘请雇用他们的。我希望他们首先展示他们的才能，能为我做什么。我给他们的起步工资相对较低，但是确有真才实学者，我会给予丰厚的报酬。例如，一个雇员在仅仅一年内，从50,000元上升到100,000元。"但是杨女士是在经历惨痛教训之后才得到这个经验的。

"几年前，我花500,000年薪请了一名员工，但是那个工作岗位只值100,000元。最终我解雇了他。他到现在为止都还没有找到另一份工作，因为没有人愿意付给他他认为合理的薪水，而他也不愿意从较低的工资干起。所以我现在更加小心地对待员工工资了。"

"这么多大学生走出校园，抱怨他们找不到工作。其实真正的问题是他们想从高层做起。看看农村集镇和广大农民，他们需要大学生的帮助。大学生，应该从那里干起，逐渐提升。"

不要借口，要结果

杨英说："我要结果，不要借口。你可以怪下雨天害你上班迟到，你也可以看到要下雨了，就提早出门。这都是你的选择。人摔倒了，重新爬起来就好。如果你摔倒受伤了，但是你努力站起来，那么你的亲戚或朋友会帮助你。但是如果你自己都不愿意努力站起来，没有人能够帮

第五章　对中国和厦门风土人情的探索
1994年至今

你。成功的关键是：1）抓住机会；2）吃苦；3）诚信。"

直面人生

杨英担心今天的年轻人缺乏吃苦的能力。她分享了一个12岁小孩的故事——他的父母告诉他不要上网玩，要学习。这个小孩说："如果你们想控制我，我保证你们会断后。我会从屋顶跳下去！"这种威胁让所有独生子女家庭的中国父母感到头疼——而他确实跳下去了。他没死，只是腿断了，以此证明自己所言不虚。杨英女士说："小孩都很自私，也被宠坏了。如今许多人自杀。自杀对他们来说比较容易，因为他们死了，看不到后果，最后，是他们的家人，在他们身上投入大量精力的家人，承受痛苦。我们需要教导小孩面对问题而不是逃避问题，让他们学会坚持并自立自强。"杨英的儿子在英格兰留学时抱怨其他中国学生银行账户里都是几千美元，而他只有不到500美元。但杨英不为所动。

杨英的儿子参军时，朋友们建议她去一趟军营为儿子拉关系，好让儿子一切顺利。"我没有这样做，人们因此批评我。但是我告诉我儿子：'你要靠自己，而不是靠妈妈！如果你有能力，你不需要我帮助。如果你没有能力，我会把财产都捐赠给社会，因为你没办法管理它们！你要自立自强。'"

杨女士对自家这位年轻士兵感到骄傲，他入伍已经3年了。"我们国家能够保持安全的一个原因是我们军队的态度。看看新闻，不管是水灾、地震，我们的士兵都是冲在最前线的人。这也是我为什么捐赠了两百万元用于救灾的原因。"杨英非常爱国——但是她的爱国是理性的。

孝顺和爱国

"一些人扭曲了爱国的观念。他们说'国家第一，家庭第二'。但是，一个连自己父母都不关心的人怎么可能会关心国家呢？昨天有个同乡来我这里，希望我给他的儿子安排一个工作。我问他是否有赡养他母亲，他说：'我不需要。你每个月有给她150元了。''她已经60多岁了！'我说，'150元就只够她勉强过活！'听到这里他匆忙走了。"

杨女士在全国资助了很多慈善事业，但是她的这种善心是从家庭开始的。她家是一栋4层楼的房子，装了电梯，但不是为了豪华，而是给她年迈的父亲用的。她把工人当成家人。当她了解到我家保姆从1988年开始就从来没有换过时，她笑着说道："这件事情比其他任何事情都更值得我尊重您！"她说道，"我的保姆从1990年以来就没有换过，我也从来没有想过要换保姆。我给她买了房子，她的丈夫在英才学校工作。我的许多工人跟着我已经超过20年了。"

"工人的表现取决于我们如何对待他们，"杨女士说，"如果婆婆和所有媳妇都不和睦的话，错肯定在婆婆身上。如果所有的工人都一直在想着跳槽，那么老板肯定不好。"

站在别人的角度看问题

杨女士说："不管是找保姆、工人还是老师，我都要找最好的人。为了给英才学校聘请最好的老师，我曾专门拜访厦门大学校长。我也公平地对待他们，给他们好的薪水，因为我的成功取决于我的员工。不管我做什么，我都尽力从别人的角度看问题。当我创办厦门国际学校的时候，我首先从父母的角度来看待它——我希望我的小孩有什么样的环境？我也从老师的角度来看待它——在这里工作是什么样的？我尽力为他们提供最好的一切，作为回报，我也希望他们能够为我竭尽所能。但是，我希望他们有工作压力，但是不会觉得压抑。身体累不要紧，但是心不能累！"

第五章 对中国和厦门风土人情的探索
1994年至今

杨英成功的秘诀

在采访快结束的时候,我问杨女士她有什么成功秘诀,她还是坚持,成功的唯一秘诀是设定目标,努力工作,绝不放弃。她说:"当我听到一半的清华毕业生没有目标的时候,我吓了一跳!他们想要做什么工作?目标和态度决定一切!1982年,我的目标是每个月挣20元,这样我就可以寄10元回家供弟弟读书。今天,我的两个弟弟都已经读了大学。现在,我最大的愿望就是启动一个骨髓库。"杨女士有崇高的目标——她认为中国是她实现梦想的最佳地方。

中国——充满机会的土地

杨女士说:"我到国外出差,但是我绝对不会申请外国国籍,也不会在国外投资。我的钱是在中国挣的,因此也会留在中国。我会帮助我的孩子到国外读书,但是我不支持他们待在国外,因为中国的机会比世界上任何地方都多。我们有一个日益增长的大市场,稳定的政府和社会以及廉价的土地和劳动力成本。启动成本低。税收比欧洲低。我不明白为什么当全世界都想要来中国做生意的时候,我们的年轻人却想要在国外挣钱!我们这里的机会比欧洲或美国要多得多。要抓住机遇就必须设定目标,努力工作、吃苦耐劳,永不放弃。"

"中国也很安全,"杨女士说,"中国人在其他亚洲国家常常遭绑架,但我可以无忧无虑地在中国街道上行走。我们的新闻不会集中报道负面的社会问题,过多的负面报道会让人焦虑不安。世界其他地方都令人感到担忧,但中国却是安全和平的。在这一方面,世界上没有任何国家能够和我们相比。"

"中国现在在很大程度上已经是一个市场经济社会。在晋江和义乌,90%的企业都是私营企业。现在,人们可以买飞机,买游艇,买码头——只要买得起，什么东西都可以买。"

要辞别时，杨女士送给我一些好茶（她自己只喝水），并向我承诺："潘教授，你的孙子长大读书时，可以免费来厦门国际学校就读！"

我个人认为，我的孙子们如果能够从这位保姆起家的富豪慈善家身上学习的话，肯定会做得更好。

好了，阿特和安吉拉，考虑到你自己从中学老师到亿万富翁的奋斗历程，我觉得杨女士的人生经历和商业头脑肯定会引起你们的共鸣。来厦门吧，让我为你们引荐一下。

比尔和家人们
1997 年 11 月 13 日

第五章　对中国和厦门风土人情的探索
1994年至今

㊷ 厦门获荷兰人青睐

亲爱的梅·李：

来自厦门的问候！

去年秋天，一个到厦门旅游的荷兰观光团说，下次到中国旅游就略过我们这个城市了，因为他们觉得厦门没什么可游览的！但上一周，另一个荷兰团到访厦门，游客当中有著名的荷兰驻印尼前大使简·赫尔曼·冯·罗延[①]（他策划了印尼争取独立的那份协定）。这次，我用了两天时间陪同他们，确保他们了解我们这座岛屿独具特色的历史文化遗产。他们对厦门赞不绝口，说厦门之旅比西安之旅更有趣！

我不仅带荷兰游客参观了全中国处处可寻的古老建筑、公园和庙宇，还为他们讲解了厦门独特的历史，包括荷兰与厦门长达500年的贸易往来。他们了解到厦门曾经是国际贸易中心，有着古老的深水良港刺桐港（今泉州）——古代海上丝绸之路的起始点，比香港和上海还要早几百年就闻名于世，这些都令他们颇为惊讶。

我述说的许多历史故事令荷兰人惊讶，但冯·罗延大使也令我惊讶。他让我在我写的书《魅力鼓浪屿》上面签名，我写下我的口号"享受厦门之旅！"（Enjoy Amoy!）"厦门就是 Amoy 吗？"他问道，"我竟

[①] 简·赫尔曼·冯·罗延（Jan Horman van Royen 1905—1991），前荷兰驻印尼大使。

然不知道！荷兰的一位古董商人手上有一幅19世纪的Amoy港油画，画中许多船只停泊在岸边，船上飘扬着各自的国旗。想想看——我现在居然就身处Amoy！"

西方历史书籍几乎从未涉及"Xiamen"，但与读起来颇有外国情调的"Amoy"相关的历史故事倒是多不胜数。我们没有充分利用厦门的历史，十分可惜，但有不少厦门历史学家（不说一丁点英文的人）反对沿用"Amoy"，说这是"外国名字"，可这根本不是外国名字。大多数海外华侨以"Amoy"来称呼厦门，因为其发音最贴近厦门当地方言（有意思的是，这些专家期望所有外国人都说中文，而自己却用中文名称来称呼外国城市）。

荷兰人当然也对国姓爷（郑成功）略知一二。而令他们讶异的是，郑成功居然曾在鼓浪屿操练水师，并从此处出发，从荷兰人手中收复台湾。一位荷兰医生说："我们在学校从来没学过这段历史！"

"当然没有！"我说。"当时你们吃了败仗！而我很了解这段历史，因为我以前在电视剧里扮演过台湾地区的荷兰总督揆一。"我正好有揆一所撰写的书，从中选取了几段揆一对郑成功及其军队的描述，念给他们听。他们诧异于郑成功和揆一都是讲信义的人，都有幽默感且敬重彼此，而且，郑成功允许战败的荷兰军队保有尊严地离开。

总督揆一对郑成功的军队作了如下描述：

> 弓箭手是郑成功部队中的精英，且郑成功非常倚重他们，因为即使两军相隔还有一段距离，弓箭手也能够熟练地运用手中的弓箭射中目标，其射箭技艺之高超，使得我们的步枪手黯然失色。

第五章　对中国和厦门风土人情的探索
1994年至今

> 其军队中有十分之一是领导者，负责管理各自手下的兵将，并督促手下攻入敌人的士兵队伍。他们俯首藏身于所持盾牌后方，怀着巨大的愤怒与无畏无惧的勇气向敌人进攻，视死如归……

郑成功提出台湾属于中国，荷兰人是时候归还主权了，揆一对这一主张也表示赞同与尊重，他写道：

> 自古以来，此岛屿（台湾）向来属于中国，中国此前并未要求收回，故可视作对荷兰人在此地居住之许可；既然如今中国已提出要求，从远方而来的荷兰异乡人理应对该岛屿的主人让步，以表公平……他此次前来只为取回其所有之国土，而非与荷兰东印度公司作战（尽管他的兵将曾数次遭到对方的刻薄对待）；为证明他无意将本公司的财产据为己有，他将允许本公司以自有舢板装载属于本公司的货物及财物……

可惜的是揆一和郑成功没有在更好的情况下相遇。很长一段时间里，揆一一直提醒荷兰要提防郑成功，但荷兰置之不理——当他无法成功抵挡郑成功强大的兵力时，揆一又遭诟病。

我也与荷兰旅游团分享了大部分海外华侨来自福建南部的缘故，而且其中有许许多多的人重新回到鼓浪屿定居，因而在20世纪20年代，鼓浪屿曾经是世界上第二大富裕的城市，仅次于加州帕萨迪纳市（我在1988年移居到厦门之前恰好住在那里，缘分啊）。

陪同荷兰旅游团观光的那两天，表明了推广厦门丰富多样的历史是多么重要。如果我们以"绿色岛屿"或者"海上明珠"推广厦门,固然也很好,尤其如今中国科学院已确定把新成立的城市环境研究所设在厦门。然而,优美的自然风光、古老的庙宇和历史建筑在世界各地的许多城市比比皆是。厦门若要以自身优势与上海、北京等中国的其他城市竞争,唯一的方式是彰显其数百年积累下来的共同遗产和历史,这也是世界上任何其他地方都无法比拟的。

一位在荷兰国际电台任职的荷兰记者两年前采访过我。她在北京住了5年,从来没听说过厦门"Xiamen",但她知道"Amoy"!她也十分钟情于这个地方,想同她的家人重回此地。另外,上星期那个荷兰旅游团的团长先前从未听说过"Xiamen",直到他们偶然发现我的"魅力厦门"网站www.amoymagic.com,里面提及鼓浪屿"Gulangyu"和厦门的旧称"Amoy"。他们现在打算向荷兰各个旅游团推广厦门。那位荷兰医生说道:"我们荷兰的医生有闲钱,喜欢旅游!我准备召集一个医生观光团来看看厦门!"

即便如此,依然有很多人抱怨我用的城市名称"Amoy"不恰当,我不得已将我所撰写的关于厦门的书《魅力厦门》的英文书名,从"Amoy Magic"改成"Magic Xiamen"——不过,我还在考虑重新改回"Amoy"。为此,我写下了这篇短文《为什么用"Amoy"?》

为什么用"Amoy"而不是"Xiamen"?

我给漳州一所大学300名学生做过有关福建历史的讲座。讲座结束后,一个年轻人激动地跳起来,瞪着我,仿佛在指责我怎么有这样的"旧思想",厉声问道:"为什么你说的是'Amoy'?为什么不用'Xiamen'?'Xiamen'才是厦门正确的英文名称!嗯哼?嗯哼?"

中国人经常问我这个问题,但很少有人如此愤愤不平。我回答说:"为什

第五章 对中国和厦门风土人情的探索
1994 年至今

么中国人说'Jiu Jinshan'（旧金山）而不是'San Francisco'？嗯哼？嗯哼？"

"因为中国人无法念出'San Francisco'！"他反驳道。

"那就不用再多说了。"我回答。

早在 17 世纪，"Amoy"就作为厦门的英文名称出现在各种地图上（尽管拼写不尽相同——Emoy、Emowie 等等）。厦门的名称在当地方言的发言类似于"Ah Mo"（像是用鼻腔发出"Amen"）。"Amoy"是外国人创造出来的发音最相近的词了。哪怕到了今天，海外华侨仍会满怀自豪地说他们来自"Amoy"，而不习惯称"Xiamen"，而在亚洲各地的华侨均称自己说的方言是"Amoy Dialect"，而不是"Xiamen Dialect"。

尽管我希望外国人了解这个城市的"正确"名称"Xiamen"，我还是会使用"Amoy"，因为1）外国人依然较难正确发出 Xiamen 的音；2）连海外华侨都称厦门为"Amoy"；3）西方历史书籍中基本上都不使用"Xiamen"这个名称，数百年来一直使用的是"Amoy"。对于了解过一点中国历史的人而言（对比起来，他们对中国菜肴倒是熟悉得多），"Amoy"这个词能让他们瞬间想起一连串历史记忆和逸闻趣事。哪怕到了今天，全世界提起厦门酱油会说"Amoy Soy Sauce"而不是"Xiamen Soy Sauce"。在香港，首先出现禽流感的那条街叫 Amoy Street，而不叫 Xiamen Street；马来西亚赤道艺术学院所在的街道叫 Amoy Lane 而不叫 Xiamen Lane。最后一点，也是最重要的一点，厦门大学校徽上的拉丁文名称是"Universitatis Amoiensis"而不是"Universitatis Xiamenensis"，而这所学校是中国人而非外国人创办的。

所以，"Amoy"这个名称并非外国帝国主义的残余。"Amoy"是外语词汇，同时也是中国词汇，其发音非常接近当地方言中对应的"Ah Mo"，比起"旧金山"对应"San Francisco"在发音上接近得多吧。对于想要纯粹中文的人,你们快消停一下吧。不过,我依然十分敬重我身边的中国人,所以我通常称我们的岛为"Xiamen"而不是"Amoy"。

假如少数人在我很慎重地使用"Amoy"来称呼厦门时仍要见怪,那我下"战书"吧。当中国人开始说"Washington"而不是"华盛顿",说"California"而不是"加利福尼亚"、"加州"时,我就将"Amoy"这个词从我的词典里完全删掉。不然的话,就不要再如此愤愤不平啦。游客再次从世界各地云集到我们这座环境优美的小岛上,是值得高兴的事,他们也不在意你怎么称呼这座岛。那么……

享受厦门吧!

我们的爱,

比尔和苏
1998年4月23日

老潘有话说

2004年,厦门市获得了"联合国人居奖";2013年厦门还举办了"国际花园城市(社区)大赛"(即后来的Livcom)。厦门素有"海上花园"之称,如今,这里不仅以荣列中国最美城市而闻名,还是生活、工作、旅游的理想之选。而厦门大学则被誉为"中国最美大学",每天迎接来自各地的游客多达两万人,使得校方决定设置每日游客流量上限,校门外的游客仍不惜长时间排队等候进校参观。多么幸运啊,这个最美校园,这座最美城市,就是我的家!

第五章　对中国和厦门风土人情的探索
1994 年至今

43

千禧年是我的"世界末日"吗？

亲爱的加林达：

从厦门向我最爱的（也是唯一的）姐姐问好。

好几个人请求详细透露我们在 1999 年秋天所经受的打击。虽然我不大愿意再次谈起，但是这是一次成长的经历——它也让我对家人、对朋友、对生活，以及我们在厦门的大家庭都抱持更深的感恩之心！

在 1998 年底的时候，我感到疼痛、浑身无力，在厦门看了许多医生，传统中医也没什么用处，所以我去了趟香港。医生怀疑我得了癌症，但是检查之后，他确认我只是受了感染，建议我休息。一年之后，许多人担心千禧年电脑问题会导致互联网、银行和政府系统出现瘫痪。此外，在一个月之内，我们经历了史上最强的台风、台湾大地震以及公寓后面的山林火灾。我感到精疲力竭，再次去了一趟香港——这次检查发现我确实得了癌症。千禧年马上就要到了，但是似乎这是我的世界末日。不过最终证明，这是一次全新的开始。

千禧年——世界末日吗？

虽然回想起来，我们现在可以微笑，但是在 1990 年代末，千禧年问题是非常让人恐慌的，美国军事部门为此拨款 19 亿美元为其 30,000 台电脑重编程序，美国政府甚至修订了移民法，引进 90,000 名程序员来完成这项工作。

205

千禧年问题是程序员为了降低数据存储量走捷径造成的，存储成本是每千字节至少 100 美元。他们把年份 1990 年简化成 90。所以 2000 年 4 月 1 日就变成了 040100——而 1900 年 4 月 1 日也是 040100。整个世界都担心千禧年临近，时钟跨过 2000 年时，到底会出现什么灾难。

但是在中国，人们对此并不那么担心——但是我很快发现了自己的问题。

荣誉市民、地震、台风、火灾和癌症

1999 年 9 月，时任厦门市长洪永世授予我厦门荣誉市民的金钥匙。"这把钥匙能够开启厦门的所有门。"他说道。

"中国银行的门呢？"我问。

"那扇门可不行。"他笑着说。

我当时有种飞上九霄云外的感觉——但是 9 月 21 日当台湾发生 7.3 级地震（这也是自 1736 年有记录以来灾害程度第二大的地震）时，我就被震醒了。这次地震导致 2,415 人死亡，是有史以来破坏性最强的地震，它摧毁了 51,711 个家庭。厦门的地理位置相对稳固，但是我们仍然能够感受到震动。

10 月 5 日，台风丹恩袭击了菲律宾，风速达到每小时 201 公里，在南海减弱之后，继续朝北并再次增强。10 月 9 日，它袭击了厦门——这也是 46 年来最强的台风。

似乎所有因素，包括地震、火灾、强风和暴雨——都合起来对付我们。在 3 周时间里，我们连续经历了地震、火灾和致命台风带来的强风暴雨。

我感到前所未有的疲惫，于是迅速前往香港接受进一步检查。这次，医生诊断结果是结肠癌。

第五章 对中国和厦门风土人情的探索
1994 年至今

香港医院——一切到此为止吗？

我对自己会得癌症大为震惊。我不吸烟不喝酒，饮食健康，坚持运动——然后我得了癌症？我不由得想到美国喜剧演员雷德·福克斯[①]说过："到那时候，有许多注重养生的人会躺在医院里不知道自己为什么会濒临死亡，感觉自己好愚蠢。"

医生说："我可以猜到你的生活方式。可能你压力很大，工作太多，太忙。但是没有人是超人……你有一半的机会。但是如果你不改变自己的生活方式，下一次你就一点机会也没有了。"

医生说手术和康复只需要 6 天，所以我发邮件告诉苏，让她和孩子们一起待在厦门，我很快会回来。然而 6 天变成了折磨人的两个月。

让人欣慰的是，我无须接受结肠造口手术，但是在手术 10 天之后，我仍然没有排便。"大肠可能还处于休眠状态，因为你使用了大量的吗啡。"医生说。"手术很成功。你很快就会好的。"他这样说，就好像这个问题是我自己造成的一样。

在第一次手术之后两周，他认为我的大肠肯定扭结了。"我需要对你重新开刀，"他说，"疏通这些阻塞。这很不幸，因为第二次手术可能导致更多阻塞，但是我没有别的选择。"

当时，苏已经把孩子们安置在厦门的朋友那里，飞抵香港陪伴我。我记得术后刚醒来时，我感觉到最剧烈的疼痛，我用中文大声喊"痛，痛！"

在接下来的 3 天时间里，我感觉我的大肠被塞进了绞肉机。我全身

[①] 雷德·福克斯（Redd Fox 1922—1991），美国演员及编剧，主要作品有《哈林夜总会》。

都痛——但是我拒绝自主注射吗啡。"没有必要硬撑吧,"医生说道,"没有人希望你受苦。"

"你不是说这个问题可能是因为使用了太多吗啡造成的吗?所以这次就不要了。如果我这次不使用吗啡的话,你也不会怪我了。"

这确实很痛苦,但是我坚持没用吗啡。几周之后,我的大肠还是没有反应。来自厦门和香港的美国朋友来看望我,其中一个说:"如果你出院了,你会回家吗?"

他说的"家"指的是美国。但是我还有太多事想要在厦门做。我们的MBA中心刚刚搬进新址,孩子们的教育也进展得很好,苏和我都参与了很多活动。可我已经一个月没有进食了,身体虚弱,几乎没法动弹。我这种状态基本上是无法教学的。想到无法回厦门,我深感失落,想要放弃了。

正当我准备放弃的时候,我的手拿到了苏放在我床头的《圣经》,于是我尝试了"圣经指路"。我曾经嘲讽过尝试这样做的人,但是当时我已经绝望,所以任何东西都愿意试。我闭上眼睛,随机打开《圣经》,并用我的食指选中了一页。我睁开眼睛一看,我的食指放在《约翰福音》12:24"死"这个字上,"一粒麦子不落到地里死了,仍旧是一粒麦子。若是死了,就会结出许多粒子来。"

这句话还是不足以鼓励我,所以我又试了一次。这次我的手指放在了《哥林多前书》15:36的"傻瓜"上,"你这个傻瓜!你播种的东西只有在死后才会重生。"

我大吃一惊,一把丢掉《圣经》。在整部《圣经》的31,102个句子里面,只有两个这样的句子,而我竟然两条都碰上了。"结束了。"我想。我很遗憾没办法看着我的孩子们长大,我真的希望返回大陆,但我这一

第五章　对中国和厦门风土人情的探索
1994 年至今

生是美好的。没有抱怨——或者很少抱怨。

随后，来自福建朋友的两次探望，令我感到惊喜。时任福建省代理省长的习近平委托了两个人送来鲜花表示慰问。此后，厦门市市长洪永世也委托了三个人送来鲜花，并于 1999 年 11 月 19 日给我发了慰问信，这封慰问信我一直保留到今天，信是这样写的：

> 尊敬的潘教授：
> 　　获悉您患病在港做手术，深感不安和关切。
> 　　我代表厦门市政府和厦门市人民向您表示诚挚的慰问。
> 　　祝您早日完全康复，厦门人民期待着您能尽快回到您的第二故乡——厦门。
> 　　顺致热烈的问候和良好的祝愿。
>
> 　　　　　　　　　　　　　　厦门市市长　洪永世
> 　　　　　　　　　　　　　　一九九九年十一月十七日

读到这封信的时候我哭了，决定出院之后，一定要回家——回到厦门。

在此之前，苏已经开始推着我做运动了——拖着我的管包架和静脉麻醉器具在大堂里走动。在收到洪市长的信之后，她已经无须推着我走了（或者不用那么费力推我了）。我马上就可以回家了。

但是过了整整一个月之后，我才终于出院。当我们的飞机在厦门机场着陆时，厦门市政府和厦门大学的领导们上飞机看望我，接我回家。我没有跟他们谈到医疗费，但是厦门市政府和厦门大学都分别拨了 10,000 元给我补贴医疗费。

厦大对我的课程做了重新安排，让我有几个月的康复时间。我十月份突然停课时向学生们承诺一周之后回来，但是我没有做到，对此他们也想办法把我落下的课给补上了。

许多厦大的学生和教授都带着中草药作为礼物来看望我，并提供中医方面的建议。有一次，我不吝惜给他们机会劝我相信中医——当时有个教授让我把衬衫脱掉并用一块25美分大小的竹制刮痧片为我刮背，他宣称研究已经证明，竹制刮痧片能够预防和治疗癌症。虽然我对这些讲法半信半疑，但是我对他们的关心表示感谢。

李西的家乡安溪湖头镇的一位教堂牧师和两名教区居民也来看望我。他们扛着一大篮子的活土鸡坐车来到我这里并告诉我："鸡汤能够帮助你痊愈的，潘教授！"。他们还送给我一块水晶，这是一个农民在田里发现的。"我们知道你喜欢石头。"

我在这里拥有一个非常大的家庭。姐姐，我唯一的姐姐，我希望你能够来厦门，看看我们这个家庭的其他成员！

爱你！

你最爱的（也是唯一的）弟弟
2000 年 4 月 29 日

第五章　对中国和厦门风土人情的探索
1994 年至今

44

在中国庆祝结婚二十周年！

亲爱的迈克、凯伦：

新年快乐！这个月很是忙碌：四档电视节目、我姐姐和她儿子来访、厦门二十周年庆，还有另一个二十周年要庆祝呢。

在刺桐庆祝二十周年结婚纪念日

1981 年 12 月 13 日，我和苏在台湾喜结连理，所以值此二十周年之际，我们到刺桐短途旅行，以示庆祝。刺桐是泉州的别称，古阿拉伯人将其音译为 Zayton，而且泉州是古代海上丝绸之路的起点。泉州位于厦门北面，仅 90 分钟的车程。那真是个迷人的地方，所以我去了起码 12 次了——我猜这也在别人闲谈之间传开了。去年 11 月，时任福建省省长习近平说道："您写过关于您的第二故乡厦门，不妨也写写您的第三故乡泉州吧！"我不确定自己要不要再写一本书，不过如果真的要写，那肯定是关于刺桐城的。

刺桐在中世纪时期是世界上最大的港口，不亚于埃及的亚历山大港。马可·波罗就是从此地扬帆出海，而这里也是哥伦布原定的航行计划中在中国的停靠港。刺桐港以出口各式中国特色商品而著名，包括安溪茶叶、德化陶瓷，还有据说可媲美杭州的丝绸制品。

刺桐城还被称为亚洲的耶路撒冷，容纳了世界上的各大宗教（穆罕默德曾亲自派两位信徒到此传教）。这里有两三座方济会大教堂，聂斯脱

211

里派基督教徒也曾在这里设基地。如今，泉州保留着世界上唯一的波斯摩尼教寺庙遗址——草庵摩尼教寺（圣奥古斯丁①曾经追随该教派长达10年）。泉州有儒教、佛教、印度教、耆那教②和藏传佛教。还有一处古老的石笋图腾，图腾高4米，据闻可保佑子孙繁衍。不过，中国人口这么多，我想应该不存在繁衍问题吧。要是我能做决定，得把这个图腾用墙隔开啊！

另一个二十周年——厦门特区的二十周年！

我和苏在台北结婚的那一个月，在相隔仅160公里的台湾海峡对岸，厦门经济特区正式建立。于是，加林达也跟我和苏一起，连续3天日夜不停地参加各种典礼仪式和电视节目，在一场晚宴后，我有幸与副总理会面。

我的姐姐到访厦门

我的姐姐加林达和她儿子利瓦伊来探望我们，虽然在这里遇到了一些难题，但他们依然很喜欢厦门。我拍到一张有趣的照片，照片中利瓦伊试着用筷子吃饭——而且是一手拿一根筷子。

加林达和利瓦伊到达厦门的第二天就上电视了，他们对此颇为兴奋。当时我在一个电视特别节目中用当地的闽南方言唱了一首歌，他们听说我姐姐和她儿子在观众席上，就把全家请到台上。加林达似乎给当地人留下了深刻的印象，因为两天前，一位商店店员跟我说："上个月我在电视上看到你了。你姐姐回美国了没？"

---

① 圣奥古斯丁是古罗马帝国时期的天主教思想家，欧洲中世纪基督教神学、教父哲学的重要代表人物。

② 耆那教又称耆教，是印度传统宗教之一，兴起于公元前6世纪。

第五章　对中国和厦门风土人情的探索
1994年至今

中国西部的英雄

我们刚去了北京和江西参加两档电视节目，三天前才回来。北京的节目讲的是为中国欠发达地区的教育做出贡献的中国教师。中国教师的无私奉献精神让我十分感动，他们终其一生投身于支援西藏和新疆的偏远地区，就是为了教导贫困儿童，不求回报。

一位29岁的教师告诉我："虽然在过去的9年里，我只教了四五十个学生，却对每一个孩子的人生都产生了重要影响。学生人数多少并不重要……"

刚回到厦门，我欣悉厦大也设立了许多项目来帮助中国西部及福建省偏远地方的贫困地区。厦大的老师们，包括我们管理学院的一部分老师，也做志愿者去福建西部或新疆、西藏支教。连我们的学生和校友都曾到较贫困的地区当志愿者。似乎依然有好些"活雷锋"呢。

英语里有一句谚语："Give a man a fish and he eats for a day; Teach him to fish and he eats for a lifetime."，而中国人也有类似的表达，"授人以鱼，不如授人以渔"。2000多年来（至少从他们的科举考试制度开始），中国人便将教育视为成功的关键。1913年，在厦门的传教士麦嘉湖写道：

> 中国人笃信教育之作用。不论地位高低，不论财富多寡，均是如此……于西方，人们实现功成名就的方式有许多种……于中国，功成名就的手段归根到底只有一种……那便是学堂教育。

难怪，中国学生不仅在教师节这一天向老师赠送贺卡，其余364天也会送——有时在毕业后几十年也会如此。鉴于中国人这么热爱教育，在中国比教书更予人满足感的职业，我能想到的少之又少了。

　　谈到教育……我最好还是在此收尾吧，我要回去课堂上学了，那个教室很宏大，也很难得，名叫中国。

　　有空就给我们写信吧！

比尔一家

2002年1月

老潘有话说

　　在2002年初，我们未曾想象泉州市会在2003年参与评选宜居城市的国际竞赛（即全球公认为"绿色奥斯卡"的国际花园城市竞赛），并且赢得两项冠军——一项得益于其城市发展，另一项得益于其综合全面的遗产保护。我很荣幸代表泉州市在荷兰发言，并且写就《魅力泉州》一书，令我们有更丰富的英文文献展示给评委和观众。习近平作为前福建省省长、现任国家主席，正在推行"一带一路"倡议，发展新丝绸之路，由此我可以理解他当初为何如此热衷于推广泉州这个古代海上丝绸之路的起点。古代的两条丝绸之路使得中国及其各个贸易伙伴更加富足，我祝愿21世纪海上丝绸之路也能够发挥此作用。

第五章　对中国和厦门风土人情的探索
1994年至今

45

厦门摘得"绿色奥斯卡"桂冠

亲爱的约翰、康妮：

在厦门祝你们圣诞节快乐！

这个月的重磅新闻是，厦门得了冠军！

十月份，我很荣幸在德国斯图加特举办的国际花园城市大赛中（国际公认的"绿色奥斯卡"）担任厦门市的发言人，厦门不但博得6位国际评委的称赞，还获得了在场观众的连连赞叹。实际上，我自己也觉得惊讶。1988年我们抵达厦门，当时谁能想象，这个落后的小岛城市会在短短10年间便能获誉全球最宜居城市呢？

全球40多个城市参与评选，竞争很是激烈，其中包括芝加哥、杭州、亚利桑那州凤凰城（去年赢得第二名，有望在今年夺冠）等等。每座城市都各具优势，但厦门蜕变之神速是其他城市比都比不上的。尽管如此，我们代表团的部分成员难免心里没底——尤其是在杭州的发言人做完陈述之后。

马可·波罗曾说杭州是世界上最了不起的城市，哪怕到今天，杭州依然是最美城市之一，因此中国人说"上有天堂，下有苏杭"。这座城市也是出了名的美女如云，做陈述的城市发言人就是其中之一。她是一名专业的电视主持人，英语能力无可挑剔，陈述水准极高，评委和观众全程听得入了神。她结束陈述后，厦门代表团的一位成员说："我们没希望了。"

215

"为什么？"我吃惊地问。

"杭州的发言人这么漂亮，"他说，"而我们只有你。"

尽管是我发言，厦门依然夺冠了，因为评委们还是够英明的，评判的标准不是发言人而是陈述的内容。在40多个城市当中，没有一座城市像厦门一样发生如此之巨变。在闭幕式上，一位评委告诉我："厦门非但是第一名，而且遥遥领先于第二名！"

另一位欧洲评委说："我都不知道中国竟然有这样的城市！"但我也了解到，有很多欧洲人对中国知之甚少。甚至有一位受过大学教育的欧洲市长跟我说："我之前都不知道中国有高楼建筑。"这话让我惊呆了。

似乎在过去的几十年里，中国不断学习世界各国的方方面面，但世界各国对中国的了解并不是那么多。我希望更多中国城市参与这样的竞赛，让世界看到中国并没有停滞在20世纪50年代的时空隧道里。

8个月前，我受邀协助竞赛准备工作，不过，当时我婉拒了，因为我对城市发展毫无经验。而且，在一无所知的领域里参加比赛、面对评委，我也感到紧张。但不久后我意识到，我可以把这看作营销而不是比赛，把观众看作顾客而不是评委——这倒是给了我完全不同的角度！我不谙比赛，但确实通晓商业，而且这是向世界推广厦门的绝佳机会。幸运的是，厦门所取得的发展背后的事实数据便是不言自明的有力支撑（大概正是因为这样，就算没有美貌的发言人，厦门还是赢得了第一）。

厦门最出色之处在于其城市发展与环保间的平衡：20年间，厦门在同等规模城市中不仅经济发展速度上居第一位，在环境可持续性方面也位居第二。这是非常突出的成就，特别是考虑到厦门在过去一个世纪里面对的种种挑战。

700年前，厦门作为泉州的一部分而得以繁荣（泉州曾经是海上丝绸

第五章　对中国和厦门风土人情的探索
1994 年至今

之路的起点），到了 20 世纪 20 年代，几个外国人曾将鼓浪屿描述为"世界最富庶的 1 平方英里土地"。

20 世纪 50、60 年代，厦门大学是全中国唯一一个以"一手拿笔杆，一手拿枪杆！"为口号进行办学的院校。在 20 世纪 80 年代以前，北京中央政府都甚少拨款发展厦门市或者福建省。毕竟万一遭到轰炸，一切发展与建设都是徒劳。

1988 年，我们一家搭乘慢船到中国（从香港出发需要 18 小时航程），在和平码头上岸，当时厦门只有一座高楼——厦门港附近的海滨大厦。一星期里有几天会停电，一次连续几天停水，泥土路上坑坑洼洼的，城市因大量使用煤炭而蒙上煤烟灰。20 世纪 60 年代，厦门大学的学生会佩枪在海滩上巡逻，当时海滩上仍有不少坦克陷阱和军营，并禁止外国人通行（山上也是禁止外国人通行的——那里的军营更多）。

但现今，短短 14 年后，厦门欣然对外开放，还成为中国最干净的城市。厦门是中国首个发布空气质量报告的城市，也是率先采用国际标准进行空气质量与污染控制的城市之一。

能够与厦门团队协作 8 个月，共同为这个竞赛做准备，我感到很欣慰。虽然起初我有些疑虑，但当我们到了斯图加特，我便相当有把握，世界上找不出另一个城市能像厦门这般独特。我在斯图加特作为厦门的发言人做陈述时，也为自己身为厦门的一分子而感到骄傲！

好了，约翰、康妮，我回去工作啦！祝你们圣诞节快乐，元旦快乐，2003 年（羊年）万事如意！

比尔、苏、山农和马修
2002 年 12 月 14 日

46

费菲——不曾是我的学生，却是最优秀的学生

亲爱的米奇叔叔、珍妮特：

在厦门问候你们！你们数次分享过在洛杉矶遇到的那些才华出众的中国学生，不过我觉得你们大概没有教过像费菲这样的学生。其实，她从来没当过我的学生，也没机会当我的学生了，因为她已经去哈佛大学修读硕士学位了。不过，我之前有机会同她合作撰写了一本书，那也是一次难忘的经历。

为了赶上厦大八十五周年校庆，我当时只有两个月的时间来撰写一本篇幅为363页的中英双语版《魅力厦大》。几位教授主动提出要帮忙，不过我之前听说了费菲，她是厦大国际经济与贸易系大三的学生，交际非常广泛，积极参与各项活动，也获得了不少奖学金和奖项。我思索着，如果校园里有人有这个能力和毅力帮我一起赶在交稿期限之前付梓，那就非费菲莫属了。当你耐心读完她的故事之后，就会理解为什么我说，她虽不曾是我的学生，却是最优秀的学生。

2005年，我在漳州校区的一场大型庆祝活动中第一次见到了费菲，那时她参与了活动的筹备工作。校园里的每一位外国人几乎都跟我提起过她。尽管她参加了许许多多活动，她的专业成绩年年名列第一。"不管我参加多少活动，学习始终是我的首要任务，"她说。了解到费菲的童年经历之后，我就可以理解为什么她这么重视学业。

第五章　对中国和厦门风土人情的探索
1994 年至今

某个酷热难挡的夏天，费菲的母亲正在忙家务活，突然羊水破了。她的丈夫骑自行车赶了 24 公里路到达医院，一路上，即将生产的妻子在背后痛苦呻吟着。几个小时后到达医院，她非常痛苦，医生建议剖腹产。当时剖腹产手术风险极高，孕妇或胎儿（或两者同时）可能会有生命危险，因此，费菲的父亲不得不在多张表格和弃权声明上签字。幸好，母女平安，他将女儿取名为"费菲"，寓意为"飞"（虽然是取谐音而不是字）。

费菲的父亲在中国一家大型的钢铁厂当工人，母亲在纺织厂工作。见到家里经济拮据，年幼的费菲便决定要想办法缓解家里的经济负担。她祖父教导她："只要活着，就多学习，多做事。"于是她坚定地把接受教育当作迈向成功的道路。

起初，上学对费菲来说是孤独的。她最初腼腆内向，怯于交朋友，而且对自己寒酸的衣着打扮和简单粗糙的午饭感到难堪。不过，她的成绩名列前茅，很快就获得了老师和同学们的关注和尊重——甚至成了年纪比她大的孩子们的补习小老师。

如今，费菲在厦门大学的各方面表现都十分出色，一如既往保持着 12 年求学历程的那股劲头。她的英语发音像外国人一样标准，一口无可挑剔的普通话也让中国人惊叹不已，在中英文的各项比赛中赢得了不少奖项。她是厦大普通话协会会长，在厦大广播电台节目"英语咖啡屋"担任了两年的制作人兼播音员，还是厦大新闻中心的新闻节目主持人。费菲在《厦门日报》发表了几篇文章，曾代表厦大到北京参加"模拟联合国"，而且曾在央视科教频道的节目《展望》上亮相。她主持过多场会议、宴会和比赛，曾与不同的国家的政府工作人员共事，收到过菲律宾政府的推荐信以及澳大利亚人由衷的感谢！

费菲平日的行程繁忙的令人敬畏，但尽管如此，她还是抽时间协助我在短短两个月内完成了长达363页的双语书籍。她收集考据资料，做访问，撰写多篇文章和多个章节，把英文翻译成中文，又把中文翻译成英文。

　　最触动我的不是她的职业道德，而是她正直的品格。作为班里的第一名，费菲有资格挑中国的任何一所大学读研究生，但她将这个权利让给了第二名的同学，她自己则专心申请哈佛大学的硕士。师长和同学纷纷说她不理智，"要是你没被录取怎么办？"

　　她解释说："但是如果我不放弃名额，同时又被国外学校录取的话，第二名的同学要顶替我的名额就太迟了。这样做是对的。"对费菲、对哈佛大学来说都值得庆幸的是，她被录取了。不过，她第一次出发去美国的时候，只带了100美元现金和两个装满书的行李箱，我问她："只有100美元，你要怎么过？"

　　"我不需要钱，"费菲回答道，"我有全额奖学金和一笔生活津贴。"

　　我问费菲，她有什么生活目标，她说，短期内她的目标是让她父母有机会坐一趟飞机，教他们如何登机。假如有一天，费菲给她父母买来一辆飞机，我也不会觉得意外。飞吧，费菲，飞吧！

　　好了，米奇、珍妮特，这个月写到这儿差不多了。有空时写信给我们吧，我们的信箱都长蜘蛛网了。

比尔、苏、山农、马修，还有猫咪查理曼
2007年7月

第五章　对中国和厦门风土人情的探索
1994年至今

47

从走马看花到减轻负担

亲爱的康妮、大卫：

《我不见外》系列书信累计达数百封，私人信件则有几千封，整合起来可以编成好几册书了，因此我就1999年秋天以来发生的事做一番非常简短的总结，以此作为结尾。不过，无论是对中国或是对我们一家，发生的事情太多了，说不定有一天我会继续写《我不见外》续集呢。

从香港的医院出院回到厦门后，我的身体比以前更虚弱了，而且更容易疲劳，无奈只好放慢脚步。不过，好的一面是我不再"走马看花"，厦门人用这个词来形容人过于忙碌而无暇享受生活的状态。

医生在那次治疗时曾说过我有一半的机会，但是如果我不改变自己的生活方式，下一次就一点机会也没有了。然而，在当今世界中学着放慢脚步，就如同中国人所说的"骑虎难下"一样。

我生性喜好活跃。我享受各种各样的活动，不管是旅行探险、登山远足、水肺潜水、越野摩托车比赛，还是音乐、魔术、杂耍——可以说没有我不感兴趣的。不过我现在推掉了许多活动，包括在中国电视剧里出演，这是我之前觉得颇有趣味的。在背诵中文剧本的过程中我的汉语能力长进不少，但既然精力有限，我便学着做更少的事并且把这些事都做得更好。回顾以往，自从我患上癌症，我们一家所见识和所做的事倒比先前那些年要多许多。

2001年11月，我们获颁"福建省荣誉公民"，我和苏因此有机会与时任福建省省长习近平一同用餐。习近平说："您写过关于您的第二故乡厦门，不妨也写写您的第三故乡泉州吧？"

当我开始写关于福建的书时（目前写了十几本），我发现连中国人自己，尤其是年轻一代，都并不是真的那么了解中国，于是我给中国的高中和大学院校以及菲律宾的几所学校开讲座，介绍福建的历史文化。

我还为福建电视台一部总共62集的电视节目撰写栏目稿并担任其中的一名主持人，另外还主持了362集旅游节目。

2002年至2013年期间，我协助厦门、泉州以及中国的另外11个城市参与国际大赛评选宜居社区。

2004年，厦门居民投票评选我为"感动厦门十大人物"。2011年，公众评选我为"厦门经济特区建设30周年杰出建设者"。

2014年，我开始教授OneMBA项目的一门课程（这是世界上第一个真真正正的全球EMBA项目，是由来自5个国家的5所大学共同设立的项目），2015年同意担任该项目在厦大的学术主任。这个项目如今位列世界前30名。

身为教师，最令我难以忘怀的其中一个奖项是在中国国家外国专家局成立60周年之际，我荣获1954—2014年十大"功勋外教"的称号。

2016年，在我60岁生日过后两天，我在厦大海外教育学院60周年庆典上做简短发言。60岁——其中30年都待在中国。这就是缘分！

自1999年起，我便不再把生命视作理所当然。我不知道我未来的光阴还剩一年还是十年，不过我会好好把握当下的每一天，用心生活。

第五章 对中国和厦门风土人情的探索
1994 年至今

接下来如何？

对于 1999 年以来我们的那些异乎寻常的经历，我洋洋洒洒再写一千页都不成问题，但目前在此告一段落或许也挺好。假如读者感兴趣，我可以后续讲述一下，厦门从 1988 年落后的港口小镇发展为如今喜获联合国人居奖的现代城市期间，我们的生活发生了哪些变化。我们很喜欢这个地方——也很喜欢这里的人，尤其是我们在这里发展了亲属关系。我们的大儿子山农同厦门女孩米琪结了婚，小儿子马修娶了美国女孩杰西卡。一个中国儿媳妇，一个美国儿媳妇，这样能平衡一下也不错。马修和杰西卡生了个女儿——我们的孙女凯瑟琳·露丝。当上爷爷之后，确实会以一个全新的角度看待事物！

我心中怀着许许多多的感激。感谢我的家人、我的学生们，还有我选择定居的中国。不过，我还想感谢我的祖国美国，希望看到中国和美国能更好地解决彼此间的分歧。在过去 160 年间，与其他西方国家相比，美国整体上以更为公平公正的方式对待中国。美国是第一个终止鸦片贸易并帮助终止不道德苦力贸易的西方国家。美国曾与中国联合对抗日本。在厦门，美国曾帮助推广并资助中国的现代教育。

美国和中国都是很好的国家，我希望两国之间能建立深厚友谊。鼓浪屿一度被誉为"世界最富庶的 1 平方英里土地"，这段历史有力地证明了中西方紧密合作能达成意想不到的成就——只要我们能够做到互相取长补短。

"倾囊相授"抑或"取长补短"

身为教师，我想引用伯特兰·罗素书中的一段话作为本书的结尾最合适不过了。他也曾经在中国教书，而且和我一样，他也认为在中国学到的比当老师教授的要多。1922 年，罗素在《中国问题》一书中写道：

> 当初我去中国，本是去教学；但我在那里逗留的日子多一天，想得越多的并非我应当教他们什么，而是从他们身上我能学到什么。欧洲人在中国住久了，此态度并不鲜见，但若只是短暂停留或是一心去赚钱的人，便少有秉持这种态度，实属遗憾。对于后者之所以罕见，是因为我们真正重视的方面——先进军事力量和工业野心，却并非中国人所擅长。然而，对于珍视智慧或美或者追求人生质朴享受的人，则会认为在这方面中国比喧嚣动荡的西方更为突出，当地域上所重视的氛围符合他们的性情，在如此的地方生活便感到悠然自得。但愿我可以期盼，我们为中国提供了科学知识，而作为回报，中国人所具备的宽厚品质、深沉平和的心灵也能够些许影响到我们。

付出终生的心血去搭建高楼，却没有闲暇时间在其中感受生活，这样合理吗？

享受厦门吧！

比尔

2017 年 4 月

后　记

班门弄斧

中国有句成语"班门弄斧",是说业余木匠在木匠大师鲁班的门前舞弄大斧,卖弄不精的技能。对于教中国人这件事,我有时感觉自己是那位新入行的木匠。

中国在许多方面都曾向世界各国学习,但中国也有许多地方值得我们学习。这过去的 30 年间,中国所经历的种种变化堪称奇迹——然而,这个国家在过去的 2000 多年已然见证过无数类似的奇迹了。

对于大坝去留的态度便是一个很好的例子。在美国,我们拆除了不少妨碍鱼群自然迁徙的古老大坝,但我们这样做,却毁了数十万农场工人的生计。何不借鉴中国具有 2300 年历史的都江堰水利工程呢?

我认为,不妨在本书结尾放上我于 2017 年 1 月所发表演讲的片段,当时出席的人包括福建省省长以及其他领导:

> 尊敬的各位领导,各位来宾,晚上好。很荣幸能在这里说说我的感想,但也颇为惶恐。在中国人面前谈论可持续发展,无异于班门弄斧。中国已经存在了几千年,部分原因在于其历史上的种种做法都高瞻远瞩,这是其他国家至今仍无法做到的。例如,水资源管理。在饱受干旱困扰的美国加利福尼亚州,

环保主义者拆除了大坝来促进鱼群迁徙，但在这过程中也破坏了农场，令数以万计的人失业。那么，将他们所采取的手段与四川具有2300年历史的都江堰灌溉系统相比较一番吧。

秦朝太守李冰并不是通过修建大坝来治理岷江，而是对那条河流引水分流。这举措阻止了每年发生的洪水泛滥，而且使得军用和民用船只，以及鱼群，能够畅通无阻地通行。受其灌溉的田地面积超过795万亩，因而保证了秦始皇的军队的粮食供应，令他们得以创造出统一中国、兴建长城的伟绩。如今，埃及金字塔和罗马竞技场只是作为辉煌过往的遗迹而存在，而都江堰水利工程与现代的大坝工程相比依然毫不逊色，仍然能满足人类与自然的需求。至今为止，这就是具有可持续性的生态工程的最佳例子。

古代中国兴建了都江堰水利工程以及具有1400年历史的大运河，而新中国也同样富有远见。自从我在1988年移居到厦门起，中国在各领域已经落实了多项工程，包括三峡大坝、南水北调工程、西电东送、西气东输、长达4500千米的三北防护林、投资达二万亿元的高速公路网，以及世界上最好的高铁系统。

不过，比子弹头火车和高速公路更令人印象深刻的是偏远农村的道路和电力建设。中国有句古话："授人以鱼，不如授人以渔"。中国的基础建设使得农村人有机会接触各地市场，也改善了他们的医疗保健和教育，令他们终身受益。这是古人也会乐意看到的可持续规划。

鉴于中国的一系列辉煌成绩，习近平主席大胆设想全面建成小康社会也是顺理成章的。现代中国人,还有他们的领导人,似乎都跟春秋时期管子一样有远见。《管子·权修第三》里写道,"一年之计,莫如树谷;十年之计,莫如树木;终身之计,莫如树人。"

只有这样明智的资源管理手段以及长远的视野,才能令"中国梦"成为可能。否则,将有可能陷入"一时吃饱一时饿肚子"的经济恶性循环当中,这被现代经济学家奉为惯例,却是植根于短视和贪婪而造成的。

目前,中国面临着诸多挑战,不过,鉴于中国古往今来的辉煌成绩,我有信心,这些难题终究都能得以解决,中国当下埋下的种子会发展成为后世享受的成果,以此证明"中国梦"不仅在中国是可行的,在世界其他地方也是可行的。

谢谢大家。

潘维廉博士
厦大 OneMBA 项目学术主任
2017 年 1 月 10 日,于省会福州

图书在版编目（CIP）数据

我不见外：老潘的中国来信 /（美）潘维廉著.
—北京：外文出版社，2018.8
ISBN 978-7-119-11608-2

Ⅰ．①我⋯ Ⅱ．①潘⋯ Ⅲ．①书信集－美国－现代
Ⅳ．① I712.65

中国版本图书馆 CIP 数据核字（2018）第 189794 号

出版指导：徐 步　胡开敏
出版策划：王 洋
责任编辑：曹 芸　于晓欧
封面设计：▇▇文化·邱特聪
印刷监制：王 争

我不见外——老潘的中国来信

潘维廉〔William N. Brown〕 著
韦忠和 译

© 外文出版社有限责任公司

出 版 人：胡开敏
出版发行：外文出版社有限责任公司
地　　址：中国北京西城区百万庄大街 24 号　　邮政编码：100037
网　　址：http://www.flp.com.cn　　电子邮箱：flp@cipg.org.cn
电　　话：008610-68320579（总编室）　008610-68996177（编辑部）
　　　　　008610-68995852（发行部）　008610-68996183（投稿电话）
制　　版：北京杰瑞腾达科技发展有限公司
印　　刷：鸿博昊天科技有限公司
经　　销：新华书店 / 外文书店
开　　本：700mm × 1000mm　1/16　　印　张：15.75　字　数：113 千字
版　　次：2018 年 10 月第 1 版 1 次印刷　2023 年 2 月第 1 版 7 次印刷
书　　号：ISBN 978-7-119-11608-2
定　　价：45.00 元

版权所有　侵权必究　如有印装问题本社负责调换（电话：68995960）